이 책을 옮긴 이종욱은 고려대학교 영문학과를 졸업하고 한국외국어대학교 대학원에서 아프리카지역연구학을 공부했다.
동아일보사, 창작과비평사, 월간 마당, 한길사를 거쳐 한겨레신문과 문화일보에서 문화부장, 논설위원으로 일했으며
언론중재위원회 위원(부위원장)을 지냈다. 지은 책으로 『꽃샘추위』『아름다움과 영원함』이 있고, 옮긴 책으로
『말콤 엑스』『세상의 모든 것을 사랑한 화가 – 아름다운 영혼 빈센트 반 고흐』『저널리즘의 기본 요소』『방랑자』
『지구를 구하는 창조의 현장에서』『현대 아프리카 시선』 등이 있다.

칼데콧 컬렉션

그린이 | 랜돌프 칼데콧 글쓴이 | 윌리엄 쿠퍼 외 옮긴이 | 이종욱
펴낸이 | 김언호 펴낸곳 | (주)도서출판 한길사
등록 | 1976년 12월 24일 제74호
주소 | 413-120 경기도 파주시 광인사길 37
홈페이지 | www.hangilsa.co.kr 전자우편 | island@hangilsa.co.kr
전화 | 031-955-2000~3 팩스 | 031-955-2005

제1판 제1쇄 2014년 10월 10일
제1판 제3쇄 2022년 3월 10일

값 48,000원
ISBN 978-89-356-6941-7 03840

• 이 책은 조지 러틀리지 앤드 선즈사George Routledge & Sons에서 출간한 책을 대본으로 삼았습니다.
• 이 책에 사용된 복원 그림에 대한 소유권은 (주)도서출판 한길사에 있습니다.
• 잘못 만들어진 책은 구입하신 서점에서 바꿔드립니다.
• 이 도서의 국립중앙도서관 출판시도서목록(CIP)은 서지정보유통지원시스템 홈페이지(seoji.nl.go.kr)와
  국가자료 공동목록시스템(www.nl.go.kr/kolisnet)에서 이용하실 수 있습니다.
  (CIP제어번호: CIP2014027159)

CHANGPO design group 031.955.2097

R. Caldecott's Picture Book Collection

칼데콧 컬렉션

랜돌프 칼데콧 그림 🌙 이종욱 옮김

아일랜드

"칼데콧의 작품은 현대 그림책의 출발을 의미한다."

• 모리스 센닥 Maurice Sendak

Randolph Caldecott

1846 ~1886

현대 그림책의 아버지, 랜돌프 칼데콧

랜돌프 칼데콧Randolph Caldecott은 1846년 3월 22일 영국 체셔 주의 체스터에서 태어났다. 회계사였던 아버지 존 칼데콧은 두 번 결혼해 열세 명의 자녀를 두었는데, 칼데콧은 첫 번째 아내가 낳은 셋째 아이였다. 여섯 살 때부터 스케치를 시작했을 정도로 그림에 재능을 보인 그는 어린 시절 즐겨 그리던 동물들을 평생 동안 그렸다.

1861년 학업을 마친 칼데콧은 휘트처치에 있는 은행에 취직했다. 이 해는 퀸 레일웨이 호텔 화재를 그린 그의 그림이 「일러스트레이티드 런던 뉴스Illustrated London News」에 실린 때이기도 하다. 이 무렵의 여가 시간이나 고객을 방문하러 갈 때 눈여겨본 시골 풍경과 집 들은 이후 작품에 구체적으로 등장한다. 승마를 좋아했던 그는 취미로 사냥을 자주 했으며, 사냥터에서의 경험 역시 나중에 펴낸 그림책에 반영되었다.

6년 뒤, 맨체스터의 본점으로 일터를 옮긴 그는 맨체스터 미술학교 야간 강좌에서 선을 강조하는 그림 기법 등을 배우며 예술에 대한 열정을 이어갔다. 그러다 1870년, 친구인 화가 토머스 암스트롱Thomas Armstrong을 통해 월간지 「런던 소사이어티London Society」의 편집장 헨리 블랙번Henry Blackburn을 소개받아 이 잡지에 칼데콧의 작품이 실렸다. 이후 자신의 재능과 역량에 고무되어 그림에만 전념하기로 결심한 칼데콧은 1872년에 은행을 그만두고 런던에 정착했다. 그리고 불과 2년만에 삽화가로서의 능력을 인정받아, 당대 최고의 인기 잡지 「펀치Punch」와 「그래픽Graphic」 등에 일정한 고료를 받고 고정적으로 기고하는 일러스트레이터로 활동한다. 또한 헨리 블랙번과 함께 독일을 여행한 뒤, 1873년에 출판된 블랙번의 『하르츠 산맥The Harz Mountains』에 처음으로 연작 삽화를 맡아 그렸다.

이 무렵 칼데콧은 맨체스터 왕립 아카데미에 그림을 전시한 데 이어(1869년), 처음으로 영국 왕립 미술원에서 전시회를 열었다(1876년). 수채화가이기도 했던 그는 1872년에 왕립 수채화협회의 회원으로 선출되었다.

한편, 칼데콧이 삽화가로서 인정받은 첫 번째 그림책은 워싱턴 어빙의 작품집 『스케치북Sketch Book』에서 크리스마스를 소재로 한 다섯 편을 골라 1875년에 펴낸 『오래된 크리스마스Old Christmas』다. 영국의 저명한 인쇄업자이자 출판기획자였던 에드먼드 에번스Edmund Evans는 이 책에 실린 120점의 흑백 삽화에 깊은 감명을 받아 칼데콧에게 새로운 그림책 시리즈 출간을 제안했고, 그 제안을 받아들인 칼데콧은 1878년 『존 길핀의 유쾌한 이야기』와 『잭이 지은 집』을 출간한다. 두 그림책 모두 출간과 동시에 대단한 성공을 거둬, 칼데콧은 이때부터 매년 크리스마스 무렵에 전래 동요와 민요를 바탕으로 하는 「칼데콧 그림책R. Caldecott's Picture Book」을 두 권씩, 모두 열여섯 권 펴냈다. 줄거리가 된 이야기와 노래는 모두 칼데콧이 고른 것으로, 경우에 따라 가필하거나 직접 쓰기도 했다. 1884년까지 열두 권이 출간된 그의 그림책은 86만 7천 부나 팔리는 등 엄청난 성공을 거두었고, 그는 세계적으로 유명한 인물이 되었다. 칼데콧의 그림을 좋아한 사람들 중 가장 유명한 화가로는 프랑스의 폴 고갱과 네덜란드 출신으로 프랑스에서 활약한 빈센트 반 고흐가 있다.

칼데콧은 런던에 머문 7년 동안 단테 가브리엘 로제티Dante Gabriel Rossetti, 조르지 듀 모리에George du Maurier, 존 에버렛 밀레이John Everett Millais, 프레더릭 레이턴Frederick Leighton과 같은 저명한 화가, 문인들과 친분을 쌓는다. 훗날 영국 왕립 미술원 원장을 지낸 프레더릭 레이턴의 저택, '레이턴 하우스Leighton House'는 지금까지도 잘 보존된 실내 장식으로 유명한데, 이 이국적인 저택의 아랍실에 있는 네 기둥의 공작 장식을 칼데콧이 맡게 된 것은 레이턴과의 친분 때문이었다. 칼데콧, 케이트 그린어웨이Kate Greenaway와 함께 '영국 어린이 그림책의 3대 거장'으로 불리는 월터 크레인Walter Crane 역시 이 방의 타일 공작 장식을 맡았다. 살아생전 세 사람은 친구이자 동료로서 서로 영향을 주고받았다.

1879년, 칼데콧은 켄트 주의 켐싱에서 가까운 와이번스로 이사했다. 이곳에서 만난 메리언 브린드Marian Brind와 1880년에 결혼했으나 둘 사이에 자녀를 두지는 못했다. 평소 건강이 좋지 않아 자주 여행을 다녀야 했던 칼데콧은 여행지의 주민과 주변 풍광을 많이 그렸는데, 그림에 유머러스하고 재치 있는 설명을 곁들이곤 했다. 특히 그는 위염과 어린 시절에 앓았던 심장 질환으로 심한 고통에 시달렸다. 겨울이면 지중해를 비롯한 따뜻한 지역을 찾았던 것도 그 때문이었다. 1886년 2월 초, 미국 동부 해안 여행을 마치고 플로리다 주에 도착했을 때 칼데콧의 건강은 극도로 악화되었으며, 결국 2월 12일 세인트오거스틴에서 숨을 거두었다. 40세도 채 되지 않은 나이에 삶을 마감한 그는 그곳 공동묘지에 묻혔다.

칼데콧 상의 종류와 의미

칼데콧 상 메달 The Caldecott Medal

미국도서관협회ALA, American Library Association에서는 1938년부터 매년, 한 해 동안 미국에서 출간된 가장 뛰어난 그림책에 칼데콧의 이름을 딴 칼데콧 상을 제정해 수여하고 있다. 칼데콧 상은 '그림책계의 노벨문학상'이라 불릴 정도로 그 권위를 인정받고 있으며, '좋은 그림책'을 가늠하는 중요한 잣대이기도 하다. 메달 앞면은 『존 길핀의 유쾌한 이야기』, 뒷면은 『6펜스 노래를 부르자』의 한 장면으로 꾸며져 있다.

칼데콧 명예상 Caldecott Honor Book

칼데콧 상 다음으로 뛰어난 그림책에는 칼데콧 명예상을 수여한다. 한 명에게만 수여하는 칼데콧 상에 비해 칼데콧 명예상은 다수의 작품이 공동으로 받을 수 있다.

칼데콧 컬렉션

1

잭이 지은 집

글 미상 | 랜돌프 칼데콧 그림

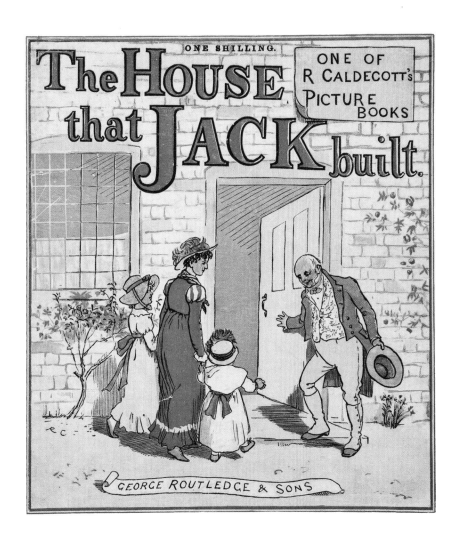

작품에 대하여

동요 「잭이 지은 집The House That Jack Built」의 기원에 관해서는 아직까지 특별한 인물과의 연관성이나 역사적 사건이 밝혀지지 않았다. 이 노래에 나오는 인물과 생활방식은 16세기 영국 농촌의 모습이지만 유럽 다른 나라의 동요에도 널리 전해지고 있다.

「잭이 지은 집」은 이른바 '앞의 내용이 그대로 반복되는 동요'의 대표격이다. 마치 말장난 같은 독특한 형식 때문에 흥미를 불러일으키는 기법은 오늘날에도 다양한 문학작품에 쓰인다. 덕분에 1878년에 출판된 이 책은 그림책의 새로운 기원을 열었다는 평가를 받는다.

칼데콧은 자신이 만들어낸 운율에서 독자들이 즐거움을 얻고 상쾌함을 느끼기를 바랐다. 예를 들어 주인공 잭은 첫 페이지에서 깨끗이 손질된 잔디와 숲으로 둘러싸인 아름다운 3층집을 자부심이 넘치는 손짓으로 가리킨다. "이건 잭이 지은 집"이라는 구절 뒤 꼬리에 꼬리를 물고 덧붙여지는 이야기를 읽어나가다 보면 다음에 이어질 내용과 그림에 대해 흥미와 호기심을 느끼게 된다.

칼데콧은 수준 높은 그림을 통해 인간 본성을 시각적으로 전달한다. 이 책의 인물들은 독자들이 기대하는 상황에 놓여 있다. 그들의 생각과 반응 역시 바로 독자들이 예측하는 것이다. 예를 들어 잭이 다락방 문을 열고 엿기름을 먹은 쥐를 발견하는 장면(20쪽)을 본 독자들은 그가 충격을 받고 화를 낼 것이라 예상한다. 분노한 표정과 꽉 움켜쥔 주먹은 잭이 얼마나 화가 났는지 짐작케 한다.

나아가 칼데콧은 각각의 그림에서 등장인물과 동물들이 주변 상황에 어떻게 반응하는가를 재미있게 표현해냈다. 칼데콧이 엿기름을 먹은 쥐를 매우 커다랗게 그린 것은 쥐가 만만찮은 적이라는 인상을 주기 위한 것이다. 그리고 엿기름을 먹은 쥐가 냄비

위에서 앞발을 벌리고 서 있는 그림(22쪽)은 잘못을 저지르면 마땅히 벌을 받아야 한다는 것을 강조한다. 그림과 이야기의 절묘한 조합, 움직임이 살아 있는 선, 그림 곳곳에서 보여지는 해학과 재치로 칼데콧의 그림책은 현대 그림책의 출발점이 되었다는 평가를 받는다.

칼데콧 이전의 그림책에서 그림은 원문의 내용을 충실하고 아름답게 전달하는 장식에 불과했다. 그러나 칼데콧은 원문을 나름대로 해석해 이야기에 새로운 요소들을 덧붙였다. '그림책계의 피카소'라 불리는 미국의 그림책 작가이자 1964년 『괴물들이 사는 나라Where The Wild Things Are』로 칼데콧 상을 받은 모리스 센닥Maurice Sendak은 칼데콧이 "그림과 글을 독창적으로 나란히 배치시켜 새로운 그림책을 발명했다"며, "이것은 전에는 없었던 대위법이다. 글이 없는 곳에서는 그림이 말하고, 그림이 없는 곳에서는 글이 말을 한다. 마치 튀어 오르는 공 같다"고 높이 평가했다. 또한 그는 칼데콧을 능가하는 그림책 작가는 아직 나타나지 않았다고 주장했다.

이건 잭이 지은 집.

*잭

*엿기름

*엿기름

이건 잭이 지은 집 안에 놓아두었던
엿기름.

*엿기름

이건 잭이 지은 집 안에 놓아두었던
엿기름을 먹어버린
쥐.

*엿기름 네 푸대

이건 잭이 지은 집 안에 놓아두었던

엿기름을 먹어버린

쥐를 죽인

고양이.

이건 잭이 지은 집 안에 놓아두었던

엿기름을 먹어버린

쥐를 죽인

고양이를 괴롭히는

개.

이건 잭이 지은 집 안에 놓아두었던

엿기름을 먹어버린

쥐를 죽인

고양이를 괴롭히는

개를 뒤틀린 뿔로 받아버린

소.

이 사람은 잭이 지은 집 안에 놓아두었던
엿기름을 먹어버린
쥐를 죽인
고양이를 괴롭히는
개를 뒤틀린 뿔로 받아버린
소의 젖을 짜는
외로운 아가씨.

이 사람은 잭이 지은 집 안에 놓아두었던
엿기름을 먹어버린
쥐를 죽인
고양이를 괴롭히는
개를 뒤틀린 뿔로 받아버린
소의 젖을 짜는
외로운 아가씨에게 입맞춤한
너덜너덜한 옷을 입은 총각.

이 사람은 잭이 지은 집 안에 놓아두었던
엿기름을 먹어버린
쥐를 죽인
고양이를 괴롭히는
개를 뒤틀린 뿔로 받아버린
소의 젖을 짜는
외로운 아가씨에게 입맞춤한
너덜너덜한 옷을 입은 총각의
결혼식 주례를 서준
깔끔히 면도한 대머리 목사님.

이건 잭이 지은 집 안에 놓아두었던
엿기름을 먹어버린
쥐를 죽인
고양이를 괴롭히는
개를 뒤틀린 뿔로 받아버린
소의 젖을 짜는
외로운 아가씨에게 입맞춤한
너덜너덜한 옷을 입은 총각의
결혼식 주례를 서준
깔끔히 면도한 대머리 목사님을
아침에 깨운 수탉.

이 사람은 잭이 지은 집 안에 놓아두었던

엿기름을 먹어버린

쥐를 죽인

고양이를 괴롭히는

개를 뒤틀린 뿔로 받아버린

소의 젖을 짜고 있는

외로운 아가씨에게 입맞춤한

너덜너덜한 옷을 입은 총각의

결혼식 주례를 서준

깔끔히 면도한 대머리 목사님을

아침에 깨운 수탉의

모이가 된 옥수수를 심은 농부.

2

존 길핀의 유쾌한 이야기

윌리엄 쿠퍼 글 | 랜돌프 칼데콧 그림

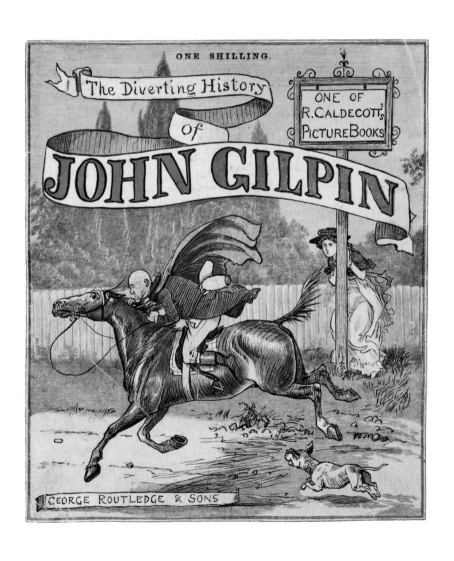

작품에 대하여

「존 길핀의 유쾌한 이야기The Diverting History of John Gilpin」는 영국의 시인 윌리엄 쿠퍼William Cowper가 런던에서 간행된 「퍼블릭 애드버타이저Public Advertiser」 1782년 11월 14일자 신문에 익명으로 발표한 풍자시로, 1785년에 펴낸 그의 대표 시집 『과제The Task』에도 실렸다. 이 시는 얼마 뒤에 당시의 인기 배우 존 헨더슨이 낭독해 유명해졌으며, 칼데콧의 그림책으로 더욱 유명해졌다.

영국의 유명한 인쇄업자이자 출판기획자였던 에드먼드 에번스는 칼데콧의 흑백 삽화에 깊이 감명을 받고 새로운 그림책 시리즈를 펴내자고 제안한다. 『존 길핀의 유쾌한 이야기』는 그 제안에 따라 『잭이 지은 집』과 함께 1878년에 처음으로 펴낸 그림책이다. 재미있고 약동감이 넘치는 그림과 생기 있는 채색, 그리고 다른 날도 아닌 결혼 기념일에 줄곧 황당한 상황에 빠져 헤어나지 못하는 우스꽝스러운 이야기는 아이들뿐 아니라 어른들로부터도 사랑을 받아왔다.

윌리엄 쿠퍼는 이웃에 살며 친하게 지내던 과부 오스틴 부인에게 들은 포목상 이야기를 바탕으로 이 작품을 썼다. 유머 감각이 모자란다고 자신을 비판한 비평가들에게 그렇지 않다는 것을 보여주려 쓴 것이었다. 그래서인지 정작 쿠퍼 본인은 그다지 중요한 작품으로 여기지 않았지만, 이 시는 발표되자마자 노래로 불리며 런던 전역에서 인기를 끌었다.

런던의 포목상 존 길핀은 결혼 20주년을 맞아 에드먼턴에 있는 '벨' 식당에서 결혼 기념일을 축하하기 위해 집을 나선다. 가족들을 마차에 태워 보내고 자신은 무두장이 친구에게 빌린 말을 타고 식당으로 가지만, 말은 사납게 내달려 아내가 기다리고 있는 목적지를 지나쳐버린다. 말은 길핀을 자기 주인이 살고 있는 웨어까지 태우고 갔다가, 그곳에서 당나귀의 울음소리에 놀라 다시 길핀을 태우고 질주한다. 길핀은 도둑으로

몰리는 등 처음부터 끝까지 불운에 시달린다.

칼데콧의 그림은 극도로 절제한 선이 특징이다.『존 길핀의 유쾌한 이야기』의 삽화 스물여덟 점 가운데 채색화는 여섯 점뿐이고, 나머지는 간결한 스케치다. 그의 그림책 열여섯 권 중 두 쪽에 걸쳐 실린 채색화는 단 두 점밖에 없는데, 모두 이 책에 실려 있다. 길핀이 죽기 살기로 말을 달리는 바람에 개들이 짖고 오리들이 놀라 달아나고 아이들이 비명을 지르는 장면(68~69쪽)이 그중 하나인데, 아동문학 평론가 제나 서덜랜드Zena Sutherland는 저서『어린이와 책Children & Books』에서 이 그림에 대해 어느 누구도 칼데콧처럼 우스꽝스러운 말과 무모하게 말을 타는 사람을 그려낼 수 없다고 높이 평가한다. 이 그림은 미국도서관협회가 한 해 동안 미국에서 출간된 그림책 중에서 가장 우수한 책에 수여하는 칼데콧 상 메달의 앞면을 장식하게 되었다.

나머지 한 점의 채색화는 길핀의 말이 당나귀 울음소리에 놀라 더욱 빨리 달려가고 그 뒤를 젊은 마부가 바싹 따라가는 모습을 본 사람들이 도둑으로 오해하고 고함을 지르며 추격하는 장면(88~89쪽)이다.

존 길핀의 유쾌한 이야기

그는 어떻게 처음에 가려던 곳보다 멀리 갔다가 무사히 집으로 돌아왔는가

윌리엄
쿠퍼

글

랜돌프
칼데콧

그림

존 길핀은
신망과 명성 높은 시민,
게다가 런던의 유명한
시민군 대장이라네.

존 길편의 아내가 사랑하는 남편에게 말했지.
"우리가 결혼해서
따분하게 산 10년이 두 번이나 지났지만
그동안 휴가 한 번 제대로 즐기지 못했네요.

내일은 우리 결혼기념일이잖아요.
그동안의 아쉬움을 달래러
가족들 모두 유람 마차를 타고
에드먼턴에 있는 '벨' 식당으로 가요.

내 동생과 조카,
우리 아이들 셋과 나는
마차를 타고 갈 거예요.
그러니 당신은 말을 타고 뒤따라오세요."

The Linendraper bold

*대담한 포목상

존 길핀은 곧바로 대답했네.

"내가 존경하는 여인은 오직 한 사람,

친애하는 아내여, 당신이 바로 그 여인이오.

그러니 당신 말에 따르겠소.

세상 모든 사람이 알고 있듯이

나는 대담한 포목상.

나의 좋은 친구 무두장이가 말을 빌려줄 거요."

길핀 부인도 말했네.
"지당한 말씀.
그리고 그 집은 포도주가 비싸니,
집에 있는 포도주를 가져갈 거예요.
빛깔이 맑고 고운 걸로요."

존 길핀은 사랑하는 아내에게 키스했지.
그녀가 놀러 갈 생각에 빠져 있는 중에도
여전히 알뜰하다는 데
매우 기뻐했다네.

다음 날 아침, 마차가 도착했다네.
하지만 문 앞까지 오는 것은
허락하지 않았지.
아내가 시건방지다고
이웃들이 수군대면 안 되니까.

그래서 마차를 세 집 건너에 세워두고,
소중한 가족 여섯 명은
모두 그곳으로 가서
들뜬 마음을 안고 마차에 올라탔다네.

채찍을 철썩 치자, 바퀴가 굴러갔지.
가족들이 그처럼 기뻐한 적은 없었다네!
바퀴 밑에서 자갈들이 얼마나 튀어대는지
런던 거리에 난리라도 난 듯했지.

The 3 customers

*세 손님

존 길핀은 말 옆에 서서
아래로 미끈하게 내려뜨린 갈기를 단단히 거머쥐고,
서둘러 올라탔지만 금세 미끄러지고 말았다네.

겨우 안장에 엉덩이를 걸치고 나서
막 떠나려다 고개를 돌려보니,
세 손님이 가게 안으로 들어가고 있었지.

그는 말에서 내렸다네.

갈 길이 바쁜데 시간을 낭비해 애가 탔지만,

돈을 손해 보면 훨씬 더 속이 쓰리다는 것을

너무나 잘 알고 있었기 때문이라네.

손님들이 시간을 끌며

마음에 드는 옷감을 고르기도 전에,

하녀 베티가 계단 아래로 달려 내려오며 비명을 질렀지.

"포도주를 두고 가셨어요!"

"그걸 빠트리다니! 이리 가져와요.
그리고 내가 훈련할 때 쓰는,
아끼는 칼을 꽂아 넣는
가죽 허리띠도 가져오고요." 길펀이 말했네.

꼼꼼한 길펀 부인은
돌로 만든 병 두 개에
귀한 포도주를 담아놓고
안전하게 잘 두었다지.

병에는 고리 모양 손잡이가 달려 있어서
허리띠에 찰 수 있었네.
길펀이 허리띠 양쪽에 술병을 하나씩 차니
균형이 딱 맞았지.

그러고 나서 그는 기다란 붉은색 망토,

솔질이 잘되고 말쑥한 그 망토를

씩씩한 사내답게

머리에서 발끝까지 걸쳤다네.

그는 이제 다시
민첩한 말 등에 올라탔지.
그리고 매우 조심스럽게,
아주 천천히 자갈길을 지나갔네.

이윽고 편자를 단단히 박은 발굽 아래로
고르고 매끄러운 길이 나오자,
말은 콧김을 뿜으며 내달리기 시작했네.
안장이 이리저리 마구 쓸렸지.

"자, 얌전히, 천천히!"
존 길핀은 소리쳤지.
하지만 아무리 고함쳐도 소용이 없었네.
고삐를 한껏 죄었지만,
말은 전속력으로 내달렸다네.

똑바로 앉아 있기도 힘들어지자
길핀은 몸을 잔뜩 웅크리고,
젖 먹던 힘까지 짜내
두 손으로 말갈기를 거머쥐었지.

그가 탄 말은
이제껏 그런 대접을 받았던 적이 없어
자기 등에 걸터앉아 있는 것이 도대체 뭔지
점점 더 궁금해졌다네.

길펀은 죽기 아니면 살기로 달렸네.
모자가 벗겨지고 가발도 벗겨졌다네.
출발할 때만 해도, 말이 못된 장난을 칠 것이라고는
꿈에도 몰랐겠지.

바람이 불자,
망토는 길고 화려한 리본 장식처럼 휘날렸지.
곧 단추와 고리가 떨어져 나가더니,
망토마저 어디론가 날아가버렸다네.

그러자 모든 사람들은 그가 허리에 찬
술병을 똑똑히 볼 수 있었지.
술병이 허리 양쪽에서
마구 흔들리고 있었거든.

개들이 짖고, 아이들은 비명을 질렀다네.
길가의 창문들이 모두 활짝 열렸지.
모든 사람이 큰 소리로 응원했네.
"잘한다!"

길핀이 달려갔다네. 그가 아니면 누구겠어?
그에 대한 소문은 순식간에 퍼졌지.
"참 대단한 사람이야! 경주를 하고 있다지!
상금이 어마어마하대!"

그가 얼마나 빨리 말을 몰고 가는지,
보기만 해도 장관이어서
통행료를 징수하는 사람도
재빨리 문을 활짝 열어주었네.

이제 그는 허리를 잔뜩 숙였고,
한껏 낮춘 머리에서 모락모락 김도 났지.
등 뒤에서는 술병들이
대번에 박살 났다네.

포도주가 길 위에 흘러내렸지.
너무 애처로워 도저히 못 볼 지경이었네.
마구 두드려 맞아
말 옆구리에서도 모락모락 김이 피어올랐지.

하지만 가죽 허리띠를 단단히 매고 있어서
여전히 그럴듯해 보였네.
술병 주둥이가 아직 허리에 매달려 있는 것을
누구나 볼 수 있었지.

길핀은 사람들에게 즐거움을 주며
이즐링턴 거리를 신 나게 달려,
마침내 활기찬 에드먼턴의
진창에 이르렀다네.

그곳에서 그는

마구 휘젓는 자루걸레처럼,

장난치는 기러기처럼,

길 양쪽에 흙탕물을 튀겼지.

에드먼턴에서는
사랑하는 아내가 발코니에 서서
다정한 남편이 언제 오나 살펴보다가,
이상하게 말을 모는 모습에 깜짝 놀랐지.

"서요! 멈춰요! 여기란 말이에요!"
온 가족이 입을 모아 외쳤다네.
"저녁 식사 준비가 되어 있어요. 우리 모두 지쳤다고요."
길핀이 대꾸했지. "나도 마찬가지요!"

하지만 말은
그곳에 멈출 생각이 전혀 없었지.
왜냐고? 주인님이 사는 집은
15킬로미터나 떨어진 웨어에 있기 때문이라네.

그래서 말은 솜씨 좋은 궁수가
힘껏 쏜 화살처럼 날아갔지.
길핀도 함께 날아갔다네.
이제 나의 노래도 중간에 이르렀군.

길핀은 계속 달려갔고, 숨은 턱까지 찼네.

마음대로 안 되니 울화가 치밀었지.

말은 무두장이 친구의 집에 다다라서야 비로소 멈춰 섰다네.

친구의 괴상한 모습에

깜짝 놀란 무두장이는

담뱃대를 내려놓고, 문으로 달려 나가

그에게 말을 걸었지.

"무슨 일인가? 무슨 소식이라도 있나?
어서 말해보게.
어쩌다 맨머리 바람으로 왔는지,
도대체 무슨 일로 왔는지 말이야."

쾌활하고 재치가 넘치는 길핀은
때맞춘 농담을 좋아한다네.
그래서 이 친구에게도
아주 즐거운 표정을 지으며 말했네.

"자네 말이 이끄는 대로 따라왔지.
그리고 미리 말해두지만,
내 모자와 가발도 곧 도착할걸세.
지금 따라오고 있는 중이니까."

친구의 기분이 좋은 것을 알고
곧바로 유쾌해진 무두장이는
아무 대꾸도 하지 않은 채
집 안으로 들어갔다네.

그러고는 곧바로 모자와 가발을 들고나왔지.
멋지게 늘어진 가발,
쓰기에 그다지 나쁘지 않은 모자,
둘 다 나름대로 근사하게 어울렸다네.

그는 모자와 가발을 높이 치켜들었지.
이번에는 그가 기지를 발휘할 차례였으니까.
"내 머리가 자네 머리보다 두 배는 크니,
자네 머리에 맞출 필요가 있지."

"자네 얼굴에 수북한
먼지들부터 긁어내 담아야겠어.
그리고 얼른 들어가 뭐라도 좀 먹고 가게.
얼마나 배가 고플지 척 보니 알겠군."

존 길핀이 말했네.
"오늘은 결혼기념일이야. 아내는 에드먼턴에서,
나는 웨어에서 식사를 한다면
온 세상 사람들이 나를 흘겨볼 걸세."

그러고는 말을 향해 돌아서면서 말을 걸었지.
"서둘러 가서 저녁 식사를 해야겠다.
네 뜻대로 여기 왔으니,
이제 내 뜻대로 돌아가자."

아아! 재수 사나운 잔소리, 쓸데없는 허풍!
그 때문에 그는 비싼 값을 호되게 치러야 했다네.
그가 한바탕 연설하는 동안, 시끄러운 당나귀가
아주 요란하게 히잉 히이잉 울부짖었지.

그 울음이 사자가 으르렁거리는 소리라 여긴
말은 콧김을 내뿜으며 달아났다네.
방금 전에 그랬던 것처럼,
온 힘을 다해 질주했네.

길핀도 달려갔고,
그의 모자와 가발도 따라갔지.
그러나 모자와 가발은 처음보다 더 빨리 벗겨졌다네.
왜냐, 너무 컸기 때문이라네.

한편 길핀 부인은
남편이 저 멀리 시골길로
황급히 달려가는 것을 보고,
반 크라운짜리 은화 한 닢을 꺼냈다네.

그러고는 그들을 '벨' 식당으로 데려온
젊은 마부에게 말했지.
"남편을 무사히 데려오면
이 은화를 주겠어요."

젊은이는 말을 달렸네. 조금 지나자
쏜살같이 달려오는 존 길핀과 마주쳤다네.
길핀은 고삐를 힘껏 당겨
즉시 멈추어 서려고 했지.

그랬으면 좋으련만
뜻대로 되지 않았네.
놀란 말만 더 놀라게 했을 뿐,
말은 아까보다 더 빨리 달려갔다네.

길핀은 달리고 또 달렸네.

젊은 마부도 뒤따라 달렸네.

마부의 말은 쿵쿵 소리를 내며 굴러가는 바퀴가 없어

무척 기뻤겠지.

마침 지나가던 신사 여섯이

번개같이 달아나는 길핀과

그를 바싹 뒤쫓아 가는

젊은 마부를 보고 고함을 질렀네.

"도둑 잡아라! 도둑놈 잡아! 노상강도다!"
신사 여섯이 한꺼번에 소리쳤지.
이에 길을 가던 사람들마저 빠짐없이
추격전에 가담했다네.

*런던으로 가는 길
*아무 데나 가는 길
*웨어로 가는 길
　(왼쪽부터)

다시 통행료를 받는 문에 다다르자,
순식간에 문이 열렸지.
통행료 징수원은 지난번처럼
길핀이 경주를 하고 있다고 생각했다네.

게다가 길핀이 우승했다고 여겼지.
마을에 가장 먼저 도착했기 때문이야.
그는 말을 탔던 곳에 와서야 멈추었고,
그제야 말에서 내렸다네.

이제 다 함께 찬양하세.

"국왕 폐하 만세, 길핀 만세."

그가 다음번에 외국에서 경주에 참가하면

꼭 가서 구경해야지.

3

미친개의 죽음에 바치는 엘레지

올리버 골드스미스 글 | 랜돌프 칼데콧 그림

작품에 대하여

　　1879년에 펴낸 이 책의 원작은 영국의 소설가, 시인, 극작가인 올리버 골드스미스 Oliver Goldsmith의 시 「미친개의 죽음에 바치는 엘레지An Elegy on the Death of a Mad Dog」 다. 이 애가哀歌는 골드스미스가 1766년에 출간한 소설 『웨이크필드의 목사The Vicar of Wakefield』에 삽입된 것이다. 주인공 목사의 두 어린 아들 중 한 명인 빌 프림로즈가 낭송하고 있다(96~98쪽).

　　이 시는 풍자적이면서 매우 기묘한, 슬프고도 이상야릇한 이야기다. 이즐링턴에 살고 있는 이 시의 주인공은 신앙심이 깊고, 친절하고, 점잖고, 마음씨 고운 사람으로 알려져 있다. 친구는 물론 적에게도 따뜻하고 입을 것이 없는 사람에게는 자기 옷을 내주는 인물로, 버려진 개 또한 집으로 들인다. 그러나 고양이가 나타나면서 주인의 귀여움을 독차지하던 개는 자존심이 상하고 질투심을 느끼며(111쪽의 개와 고양이의 처지가 매우 다르다), 그 앙갚음으로 주인을 물어버린다. 그러자 이웃 사람들은 "그 개가 미쳤다"고 주장하며, "그 남자가 죽을 것"이라고 걱정한다. 사실 이 말은 엉뚱하고 놀랍기 그지없는 결말, 즉 그 남자가 죽은 것이 아닌 개가 죽은 '생사의 역전'을 암시한다.

　　이웃 사람들의 말은 여러 가지 뜻으로 해석할 수 있겠지만, 그들이 착하다고 믿었던 사람이 실은 그렇지 않다는 것을 전혀 알지 못했다는 해석도 가능하다. 사실 그 남자는 미친개보다 더 독하고 무서운 사람이다. 남자가 죽지 않고 오히려 남자를 문 미친개가 죽었기 때문이다. 이웃 사람들은 그 남자를 성자聖者와 다름없이 좋은 사람으로만 생각했지 그처럼 무서운 사람, 독한 사람인 것을 의심하지 못했던 것이다. 하지만 이웃 사람들은 그들 자신이 부도덕하기 때문에 그 남자가 얼마나 부도덕한지 몰랐다고 풀이할 수도 있다. 그래서 이 시의 제목이 「미친개의 죽음에 바치는 엘레지」인 것이

다. 버림받은 강아지가 분명한 이 개는 누가 보아도 불쌍하고 애처로운 모습으로 그려져 있다. 108쪽의 채색화에선 이제껏 살아온 고달픈 삶과 구슬프고 애달픈 사연을 금방이라도 쏟아낼 듯한 표정이다.

미친개가 의미하는 바 역시 여러 갈래로 해석될 수 있다. 개는 악한 사람들을 물어버리거나 몰아냄으로써 다른 사람들에게 봉사한다. 개가 악한 사람을 무는 것은 '좋고 이로운 일'이며, 그 일로 인해 개가 죽음을 맞게 되는 것은 '일종의 순교 행위'라고도 부를 수 있다. 좋은 사람과 나쁜 사람을 가리지 않고 마구잡이로 사람들을 공격하는 개는 아군이 아니라 적일 테지만 이 책의 개는 친구이자 아군이다. 이러한 점에서 미친개를 사회의 병든 곳을 치료하기도 하고 사회를 오염시키기도 하는 미친 철학자 또는 미친 예언자에 빗대는 사람들도 있다. 제1차 세계대전 중에 이 미친개를 독일 황제로 바꾼 패러디가 『포츠담의 미친개The Mad Dog of Potsdam』로 간행되어 널리 읽힌 것은 유명한 이야기다.

이 시의 흥미로운 결말은 소설가 서머싯 몸Somerset Maugham이 1925년에 발표한 소설 『인생의 베일The Painted Veil』에서도 의미심장하게 인용된다. 여주인공 키티가 죽어가는 월터에게 "당신이 날 사랑했다는 걸" 안다면서 "부디 나를 용서해" 달라고 간청하자, 정신착란에 빠진 월터는 "죽은 건 개였어"라는 아리송한 유언을 남긴다. 나중에 키티와 친구가 된 워딩턴이라는 세관원이 「미친개의 죽음에 바치는 엘레지」의 마지막 구절이라고 가르쳐주지만, 과연 키티가 이 말에 담긴 오묘한 뜻을 알아챘을지는 의문이다.

*딕과 빌

미친개의 죽음에 바치는 엘레지

글
올리버 골드스미스

그림
랜돌프 칼데콧

노래
빌 프림로즈

IN MEMORY OF
TOBY

*토비를 추억하며

착한 사람들은 모두
내 노래에 귀 기울이세요.
이 노래는 놀랄 만큼 짧아,

오래 걸리지 않으니.

*에인절로 가는 길

한 남자가 이즐링턴에서 살고 있었지.
세상 사람들은 그에 대해 말하네.
기도하러 갈 때에는

언제나 경건한 자세로

걸어갔다고.

그는 마음씨 곱고 친절한 사람,

친구는 물론 해코지하려는 사람들도 따뜻이 대했지.

매일 옷을 차려입고 나갈 때마다

헐벗은 사람들에게 자기 옷을

벗어주었네.

하루는 마을에 나타난 개들 가운데 한 마리가 눈에 띄었네.

여러 개가 있었지.

잡종 개,　　　　막 태어난 강아지,　　　장난꾸러기 강아지,

사냥개도 있었고,

질 나쁜 똥개들도 있었네.

처음에는 남자와 개도 친구처럼 사이가 좋았지.

그러나 자존심이 상하기 시작했을 때,

화풀이를 하고 싶었던 개는

미쳐버려서는 남자를 물었지.

그러고는 동네방네

거리마다 헤집고 쏘다니자

깜짝 놀란 사람들은 뿔뿔이 달아났다네.

사람들은 그처럼 착한 사람을 물다니

*맹인

개가 발광한 게 틀림없다고 말했지.

자비로운 이웃 사람들의 눈에
남자의 상처는 매우 심하고 애처로워 보였네.

사람들은 그 개가 미쳤다고 믿어 의심치 않았고

그 남자는 죽을 것이라고 단언했다네.

그러나 얼마 뒤 불가사의한 일이 일어났지.

입방아를 찧던 사람들의 말은 거짓이 되었다네.

남자의 물린 상처는 깨끗이 나았고,

죽은 쪽은 개였네.

4
숲 속의 두 아이

글 미상 | 랜돌프 칼데콧 그림

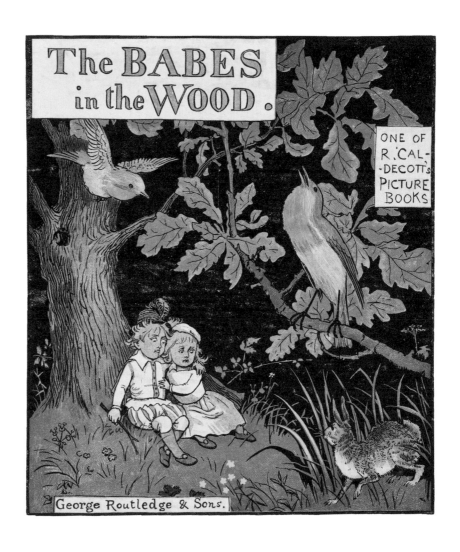

작품에 대하여

칼데콧이 1879년에 펴낸 「숲 속의 두 아이The Babes in the Wood」는 영국에서 가장 인기 있는 동요 가운데 하나다. 작자 미상의 발라드를 토대로 만들어진 이 노래는 '노픽 신사의 마지막 유언The Norfolk Gentleman's Last Will and Testament'이라는 제목으로 1595년 토머스 밀링턴Thomas Millington이 영국 동부 노픽 주 노리치에서 처음으로 출판했다.

「숲 속의 두 아이」는 부모를 잃고 친척에게 맡겨진 아이들이 새 보호자에게 가혹한 대우를 받는다는 옛이야기 가운데 특히 유명한 작품이다. 부모를 한꺼번에 여의고 고아가 된 남매를 보호하게 된 작은아버지는 유산을 가로채기 위해 두 악당을 고용해 아이들을 가까운 숲으로 데려가 죽여달라고 요구한다. 악당 가운데 한 명이 아이들의 목숨을 구해주자고 하다가, 반대하는 다른 악당을 죽여버린다. 그는 음식을 가지고 돌아오겠다고 약속하고 아이들을 숲에 남겨둔 채 마을로 내려갔으나 돌아오지 않았다. 결국 두 아이는 숲 속을 하염없이 헤매다 끝내 서로를 끌어안은 채 굶어 죽는다.

이 이야기의 유래에 대해서는 1560년 무렵 노픽 주 그리스톤 홀에서 '토머스 디 그레이Thomas de Grey'라는 어린이를 둘러싸고 일어난 사건을 바탕으로 했다는 설이 대표적이다. 일곱 살이란 어린 나이에 부모를 잃고 유산을 물려받은 토머스에게는 '로버트 디 그레이'라는 작은아버지가 있었다. 토머스가 후손이 없이 사망할 경우 작은아버지가 재산을 물려받게 되어 있었다고 한다. 토머스가 몇 년 후 원인을 알 수 없는 사건으로 죽자 마을 사람들은 작은아버지의 소행이라 수군거렸고, 그 소문은 널리 퍼졌다. 동요 속 두 아이가 굶어 죽은 곳으로 알려진 웨일런드 우드Wayland Wood 숲은 이후 웨일링우드, 즉 '슬피 우는 숲Wailing Wood'으로 불리게 되었다. 이 숲에서 1킬로미터도 떨어지지 않은 곳에 위치한 그리스톤 홀에 토머스의 나쁜 작은아버지가 살았다고 한다.

이 사건이 일어난 후 그리스톤 홀에는 「숲 속의 두 아이」의 이야기를 그림으로 새겨놓은 나무판이 걸렸다. 집안의 비밀을 알고 있던 주인이 선대의 악행을 다음 세대에 알려 교훈으로 삼기 위해 걸어둔 것이었지만 나중에 누군가에게 팔렸다고 한다.

영문학자 리처드 가넷Richard Garnett과 에드먼드 고스Edmund Gosse는 1903년 네 권으로 펴낸 『영문학사English Literature』에서 「숲 속의 두 아이」가 소년 왕 에드워드 5세의 비극을 빗댄 이야기라고 주장한다. 에드워드 5세는 왕위를 노린 숙부 글로스터 공(훗날 리처드 3세)에 의해 1483년 8월 런던탑에 갇혀 살해되었다.

한편 원작에는 칼데콧의 그림책에 나오지 않은 뒷이야기가 있다. 두 아이의 작은아버지가 저지른 나쁜 짓에 하느님이 크게 화를 내어 그에게 벌을 준다는 내용이다. 작은아버지는 집에 마귀들이 나타나거나 지옥에 빠져 있다는 환상에 시달리게 되었다. 또 재산을 낭비하고, 헛간이 불타고, 가뭄이 들어 땅이 메마르는 등 온갖 불운이 겹쳐 마침내 모든 것을 잃고 비참한 신세가 된다. 두 아들마저 포르투갈로 가던 배에서 잃은 작은아버지는 그 자신도 빚 때문에 감방에 갇혀 죽음을 맞는다. 살인자로 고용되었던 악당은 자백으로 모든 사실을 밝히고, 사형 선고를 받은 후 자살한다.

「숲 속의 두 아이」는 여러 나라에서 민요, 팬터마임, 오페라 등 다양한 형식으로 전해지고 있다. 1793년 영국 헤이마켓 극장에서 처음으로 오페라로 무대에 올려졌고, 1827년에는 유명한 드루리레인 극장에서 재연되었다. 1932년에 월트 디즈니사는 이 이야기에 그림 형제의 「헨젤과 그레텔」을 덧붙여 동명의 단편 만화영화로 만들었다. 팬터마임에는 「로빈 후드」 이야기도 약간 섞여 로빈 후드의 애인인 메리언과 같은 조연들이 등장하기도 한다.

SORE SICKE THEY WERE
AND LIKE TO DYE

*중병에 걸려 죽을 지경에 이른 부부

친애하는 부모님들, 지금부터 내 이야기를
깊이 되새겨보세요.
결국 백일하에 드러난
슬픈 이야기를 듣게 될 것입니다.

얼마 전 노퍽에
한 훌륭한 신사가 살고 있었지.
그의 재산은 그 어느 부자보다
더 많았다네.

그는 중병에 걸려 죽을 지경에 이르렀는데
어떤 도움도 그의 목숨을 구할 수 없었지.
아내 역시 그만큼 죽을병에 걸렸다네.
두 사람이 묻힐 무덤은 하나였지.

두 사람 사이에 사랑은 사라지지 않았다네.
서로에게 다정했지.
사랑 안에 살고, 사랑 안에 죽은 부부는
어린아이 둘을 남겼다네.

한 아이는 세 살이 안 된
아름다운 남자아이였고,
다른 아이는 좀 더 어린 여자아이로
무척 예뻤지.

아버지는 똑똑해 보이는
어린 아들이 적당한 나이가 되면
해마다 300파운드를 받게 했다네.

귀여운 딸 제인에게는
결혼하는 날에
금화 500파운드를 주게 했지.
그 돈은 아무도 건드릴 수 없을 거라네.

그러나 성인이 되기 전에
두 아이가 죽게 되면,
작은아버지가 재산을 물려받게 했지.
유언은 그렇게 작성되었네.

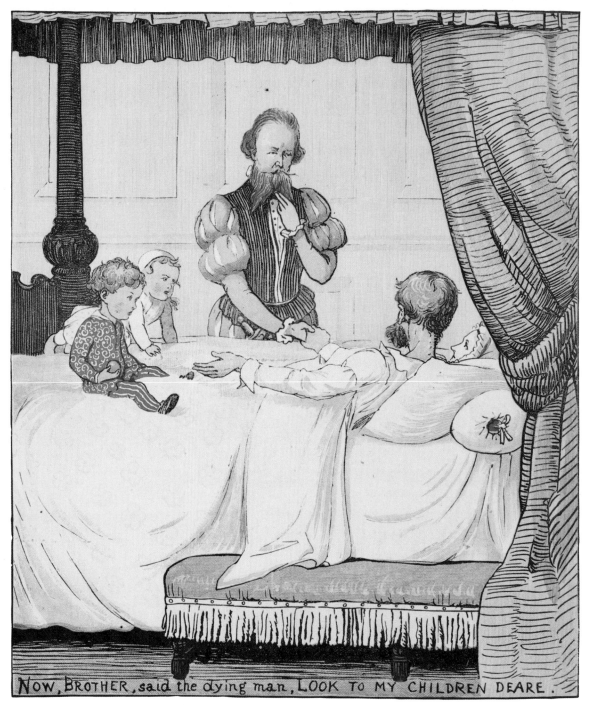

NOW, BROTHER, said the dying man, LOOK TO MY CHILDREN DEARE.

*"아우야." 죽음을 앞둔 형이 말했네. "나의 소중한 아이들을 보살펴주렴."

죽음을 앞둔 형이 말했네.
"아우야, 나의 소중한 아이들을 보살펴주렴.
두 아이를 귀여워해주고,
다른 친구들은 집에 들여놓지 마라.

나는 아이들을 밤낮으로
하느님과 너에게 맡긴다.
내가 이 세상에 머물 시간도
얼마 남지 않았구나.

네가 아버지와 어머니가 되어주고,
동시에 작은아버지도 되어주렴.
내가 죽고 사라지면,
아이들에게 무슨 일이 생길지 암담하구나."

그러자 두 아이의 어머니가 말했지.

"다정한 도련님,

도련님은 우리 두 아이에게

행운을 가져올 수도, 불행을 가져올 수도 있는 사람입니다.

아이들을 잘 보살펴주시면
하느님께서 도련님에게 보답할 거예요.
하지만 만약 그렇지 않으면,
하느님께서 당신의 행동을 지켜볼 겁니다."

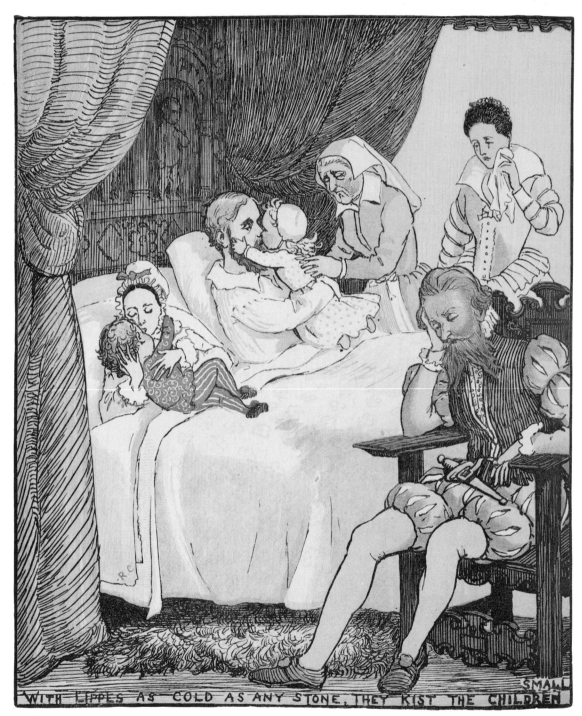

WITH LIPPES AS COLD AS ANY STONE, THEY KIST THE CHILDREN

*돌처럼 차가운 입술로 연약한 아이들에게 키스하는 부부

그들은 돌처럼 차가운 입술로
연약한 아이들에게 키스했지.
"사랑하는 아이들아, 하느님께서 너희를 축복하시길."
이 말과 함께 눈물이 흘러내렸다네.

그러자 아이들의 작은아버지가
병든 부부에게 말했지.
"친절하신 형수님, 아이들을 보살피는 것은
걱정하지 마세요."

"두 분이 세상을 뜬 뒤에
제가 두 아이에게 나쁜 짓을 한다면,
하느님이 제가 잘되도록 내버려두지 않고,
제가 가진 것도 지켜주지 않겠지요."

THEIR PARENTS BEING DEAD & GONE, THE CHILDREN HOME HE TAKES.

*부모가 죽자 아이들을 데려가는 작은아버지

마침내 부모가 죽자,
그는 아이들을 데려갔다네.
곧바로 자기 집으로 데려가
두 아이를 애지중지 키웠지.

그러나 그가 이 귀여운 아이들을 보살핀 기간은

일 년이 채 안 되었다지.

두 아이의 재산을 탐내,

그들을 멀리 보낼 계략을 꾸몄으니까.

그는 두 아이를 숲으로 데려가

죽여달라고

별나게 생긴, 건장한 악당 둘과

흥정을 했네.

교활하게도 그는 아내에게 다르게 둘러댔지.
아이들이 좋은 환경에서 자랄 수 있도록,
친구가 살고 있는
런던에 보내겠다고 말이야.

그렇게 귀여운 아이들은 떠나갔다네.
좋은 계절에 흥겨워하며,
즐거운 마음에 흥겨워하며,
말 등에 걸터앉아 떠나갔다네.

AWAY THEN WENT THE PRETTY BABES.
REJOYCING AT THAT TIDE

*즐거워하는 두 아이를 데려가는 악당들

두 아이는 말을 타고 가는 내내
자신들을 죽이기로 되어 있는 사람들,
자신들의 목숨을 빼앗을 사람들과
기분 좋게 장난치고 재잘거렸다네.

두 아이의 말이 무척 귀여워
살인자들은 마음이 약해졌지.
아이들을 죽이기로 한 그들은
너무나 괴로워 후회했다네.

하지만 둘 가운데 더 매몰찬 사람은
자기가 맡은 일을 해내기로 굳게 마음먹었지.
그를 고용한 그 비열한 사람이
어마어마한 돈을 주었기 때문이라네.

다른 사람은 그의 말에 동의하지 않았네.

그래서 두 사람은 다투기 시작했지.

두 아이의 목숨을 놓고

서로 싸워댔다네.

마음씨 더 고운 사람이

그 자리에서 다른 사람을 죽였다네.

인적이 드문 숲 속에서

두 아이는 무서워 벌벌 떨었지.

AND HE
THAT WAS OF
MILDEST
MOOD
DID SLAYE THE OTHER THERE

*다른 사람을 죽인 마음씨 더 고운 사람

그는 눈물을 흘리며 서 있는

두 아이의 손을 잡고,

자기와 함께 가자고 말했네.

그러나 두 아이는 울지 않을 수 없었지.

그가 두 아이를 3킬로미터쯤 데려갔을 무렵,

두 아이는 배가 고프다고 칭얼거렸지.

"꼼짝 말고 여기 있어."

그가 말했다네.

"빵을 구해 돌아올 테니까."

귀여운 두 아이는 손을 마주 잡고
이리저리 헤매었네.

그러나 그 사람이
마을에서 돌아오는 모습은 도무지 보이지 않았다네.

두 아이의 예쁜 입술은
검은딸기가 잔뜩 묻어 검게 물들었네.

날이 저물어 사방이 어스레해지자
아이들은 주저앉아 울었다네.

죽음이 슬픔을 사라지게 해줄 때까지
두 아이는 헤매고 또 헤맸지.
위안을 바라는 아이처럼
서로의 품에 안겨 죽었다네.

그 누구도 두 아이를
묻어줄 수 없었지.

결국 붉은가슴울새들이 가슴 아파하며
나뭇잎으로 그들을 덮어주었다네.

IN ONE ANOTHER'S ARMS THEY DYED.

*서로의 품에 안겨 죽은 두 아이

5

유쾌한 사냥꾼 삼총사

에드윈 워 글 | 랜돌프 칼데콧 그림

작품에 대하여

칼데콧이 1880년에 『유쾌한 사냥꾼 삼총사The Three Jovial Huntsmen』를 펴냈을 때, 글쓴이를 밝히지 않은 것을 두고 논쟁이 벌어졌다. 칼데콧이 누군가의 작품을 표절한 것이라는 말까지 나돌았다고 한다. 그러나 나중에 이 이야기가 몇 백 년 동안 전해져 내려온 전래 동요라는 사실이 밝혀졌다. 시인 에드윈 워Edwin Waugh가 「유쾌한 웨일스 남자 셋이 있었네There Were Three Jovial Welshmen」라는 전래 동요에서 '웨일스 사람'을 '사냥꾼'으로 고치고 랭커셔 사투리로 바꾸어 쓴 시를 칼데콧이 그림책으로 펴낸 것이다.

원작은 어리석은 웨일스 사람을 비꼬는 내용이어서 처음에는 주로 잉글랜드 사람들에 의해 불렸다. 이 노래 때문에 웨일스와 잉글랜드 두 지역 사람들 사이에는 오래도록 나쁜 감정이 쌓였다. 그러나 칼데콧의 책이 출판된 뒤에는 서로 적대적이던 두 지역에서 구별 없이 널리 불리게 되었다.

그러나 이 노래에 나오는 세 인물의 재미나지만 다소 엉뚱하고 어리석은 말과 행동은 원래의 전래 동요에서 별로 달라지지 않았다. 마구 먹고 마시며 사냥하러 말을 타고 나간 세 사냥꾼의 손에는 총이나 활 같은 사냥 도구 대신 큼직한 나팔과 채찍만 들려 있다. 애초에 이 사냥은 수상하다. 사냥감은 전혀 보이지 않고 맷돌, 우리에 갇혀 있는 수송아지, 수업을 마치고 집으로 돌아가는 아이들, 도랑에서 미소 짓고 있는 살찐 돼지, 오솔길에서 산책하는 젊은 연인만 있을 뿐이다. 더욱이 세 사냥꾼은 맷돌을 보고 '오래되어 화석처럼 딱딱해진 치즈'라 하고, 수송아지는 '수송아지로 위장한 수탕나귀', 어린 학생들은 '어린 천사들', 살찐 돼지는 '옷을 도둑맞은 읍장님', 연인은 '가련한 두 떠돌이 미치광이'라고 엉뚱한 소리만 해댄다.

그러니 사냥꾼 삼총사가 사냥에서 허탕을 칠 수밖에 없는 것은 너무나 분명하다. 사

냥꾼 가운데 하나가 "오늘 사냥은 보람도 없게 됐구먼. 하지만 여기저기 돌아다니며 굉장한 하루를 보내긴 했지"라고 터무니없는 결론을 내리는 것도 이상하지 않다. 흥겨운 랭커셔 사투리, "저기 좀 보라지Look ye there!"라는 후렴, 그리고 세 사냥꾼의 언행을 익살맞게 표현한 칼데콧의 그림은 읽는 재미를 더욱 부추긴다.

칼데콧은 이 그림책에서도 단락마다 화사한 채색화에 단색 스케치 셋을 잇달아 배열하는 방식을 택했다. 따라서 독자들은 글을 읽지 않고 그림만 훑어보아도 이야기가 어떻게 전개되는지를 쉽게 짐작할 수 있다. 한편 1974년 칼데콧 명예상을 수상한 수전 제퍼스Susan Jeffers의 『유쾌한 사냥꾼 삼총사』역시 칼데콧의 작품에서 큰 영향을 받았다.

이 책과 관련된 흥미로운 일화로, 어릴 때 칼데콧의 작품을 그대로 베꼈을 정도로 그의 영향을 많이 받은 어린이 그림책 작가인 베아트릭스 포터Beatrix Potter의 아버지가 이 그림책의 원화를 모두 구입했다는 이야기가 있다. 1884년 포터의 일기에 따르면, 그녀의 아버지는 80파운드를 내고 그 그림들을 모두 사들였다고 한다.

이 이야기는 유쾌한 사냥꾼 삼총사의 이야기라네.

그들은 사냥을 하러 가 소리를 지르고, 나팔도 불며 사냥을 했지.

저기 좀 보라지!

한 사냥꾼이 말했네.

"해 질 녘을 조심하고, 코로는 바람이 어느 쪽에서 불어오는지 잘 살펴야 해.

냄새를 잘 맡고 잘 살피면 마음도 그만큼 밝아지지."

저기 좀 보라지!

사냥꾼 삼총사는 소리를 지르며 사냥을 했네.

맨 먼저 발견한 건 들판에 서 있는 허수아비였네. 사냥꾼 삼총사는 그 곁을 지나갔지.

저기 좀 보라지!

한 사냥꾼이 그건 허수아비라고 하자, 다른 사냥꾼이 말했다네.

"아니야. 저건 길을 잃어버린 점잖은 농부야."

저기 좀 보라지!

사냥꾼 삼총사는 소리를 지르며 사냥을 했네.

이번에 발견한 건 삐그덕거리는 맷돌이었네. 사냥꾼 삼총사는 그 곁을 지나갔지.

저기 좀 보라지!

한 사냥꾼이 그건 맷돌이라고 하자, 다른 사냥꾼이 말했다네.

"아니야, 저건 화석처럼 딱딱해진 치즈야. 누군가 굴려다 버렸나봐."

저기 좀 보라지!

사냥꾼 삼총사는 소리를 지르며 사냥을 했네.

이번에 발견한 건 우리에 갇힌 수송아지였네. 사냥꾼 삼총사는 또 그 곁을 지나갔지.

저기 좀 보라지!

한 사냥꾼이 그건 수송아지라고 하자, 다른 사냥꾼이 말했다네.

"아니야. 저건 위장한 수탕나귀야. 그래서 절대로 울 수 없지."

저기 좀 보라지!

사냥꾼 삼총사는 소리를 지르며 사냥을 했네.

이번에 발견한 건 하교 중인 아이들이었네. 사냥꾼 삼총사는 그 곁을 지나갔지.

저기 좀 보라지!

한 사냥꾼이 그건 아이들이라고 하자, 다른 사냥꾼이 말했다네.

"아니야, 저건 어린 천사들이야. 그러니 저희 마음대로 놀게 내버려둬야 해."

저기 좀 보라지!

사냥꾼 삼총사는 소리를 지르며 사냥을 했네.

이번에 발견한 건 도랑에서 웃고 있는 살찐 돼지였네. 사냥꾼 삼총사는 또 그 곁을 지나갔지.

저기 좀 보라지!

한 사냥꾼이 그건 살찐 돼지라고 하자, 다른 사냥꾼이 말했다네.

"아니야, 저건 옷을 도둑맞은 읍장님이야."

저기 좀 보라지!

사냥꾼 삼총사는 소리를 지르며 사냥을 했네.

이번에 발견한 건 오솔길의 젊은 연인이었네. 사냥꾼 삼총사는 그 곁을 지나갔지.

저기 좀 보라지!

한 사냥꾼이 그들은 연인이라고 하자, 다른 사냥꾼이 말했다네.

"아니야, 저건 가련한 두 떠돌이 미치광이야. 자, 어서 가세."

저기 좀 보라지!

사냥꾼 삼총사는 소리를 지르며, 해 질 녘까지 사냥을 했네.

마침내 사냥이 끝났는데도, 그들은 아무것도 잡지 못했다네.

저기 좀 보라지!

그러자 한 사냥꾼이 다른 사냥꾼에게 말했다네.

"오늘 사냥은 보람도 없구먼. 하지만 여기저기 다니며 굉장한 하루를 보냈지."

저기 좀 보라지!

6펜스 노래를 부르자

글 미상 | 랜돌프 칼데콧 그림

작품에 대하여

「6펜스 노래를 부르자Sing a Song for Sixpence」는 원래 스코틀랜드의 옛 춤곡이었다. 널리 알려진 전래 동요이지만, 그 가사는 꼭 수수께끼 같다. 그래서인지 이 동요에 대해서는 여러 설이 있다.

1880년 칼데콧이 이 그림책을 펴냈을 때는 단지 아이들의 노래에 지나지 않았다. 그러나 '스물네 마리의 개똥지빠귀'에 관한 동요가 처음 등장한 60년 전만 해도 이 노래에는 정치적 의미가 숨어 있었다. 스물네 명(한 명은 흑인)의 암살자가 어느 날 저녁 만찬에 참석한 각료를 모두 살해하려고 했던 '카토 스트리트 음모Cato Street Conspiracy'를 토대로 이 노래가 만들어졌기 때문이다. 계획이 드러나자 그들 가운데 대다수는 목숨을 구하기 위해 다른 사람들에 관해 털어놓기 시작했고, 이를 비유하며 '새들이 노래하기 시작'한다는 가사가 쓰였다.

그러나 영국의 인류학자 에드워드 타일러Edward Tylor는 문화인류학의 고전인 『원시 문화Primitive Culture』에서 전혀 다른 해석을 내놓았다. '개똥지빠귀 스물네 마리'는 24시간을, '파이'는 모든 것을 감싸는 하늘로 덮인 대지를 가리키고, '왕'은 해, '돈을 세는 것'은 햇빛을 쏟아내는 것, '여왕'은 달, 그녀가 먹은 '꿀'은 달빛, '시녀'는 새벽, '빨래를 너는 것'은 하늘에 구름을 펼쳐놓는 것, 그리고 시녀의 '코를 물어뜯는 것'은 해가 떠오르는 것을 의미한다는 것이다. 그러나 저명한 학자의 해설치고는 그다지 설득력이 없다.

회계실에서 돈을 세는 왕은 헨리 8세이며, 꿀 바른 빵을 먹는 왕비는 그의 첫 부인 캐서린이라는 해석도 있다. 이에 따르면 정원에서 빨래를 너는 하녀는 바로 캐서린의 시녀였다가 그녀의 뒤를 이어 왕비가 된 앤 불린이다. 개똥지빠귀에게 코를 물어뜯길, 다시 말해 언젠가 목이 베이게 될 운명을 전혀 모르는 '비운의 여왕' 말이다.

또한 헨리 8세가 로마 교황청의 반대를 무릅쓰고 둘째 부인 앤 불린과 결혼하기 위해 영국 국교인 성공회를 만들며 스물네 개 수도원 영지를 몰수한 것을 풍자한 시라는 설도 있다. 이에 따르면 '개똥지빠귀 스물네 마리'는 스물네 개의 수도원을, '주머니에 가득한 호밀'은 곡물 창고에 가득한 곡식을 나타낸다. 헨리 8세는 수도원 영지를 양도하는 증서를 파이 속에 넣어 친구에게 보냈고, 앤 불린이 살고 있는 헤버 성으로 구애하러 가기에 앞서 그물을 만드는 사람들에게 개똥지빠귀들을 잡아오라고 들판으로 보냈는데 그들의 주머니에 호밀이 한가득 들어 있었다고 한다.

파이는 당시 서민들이 자주 먹는 음식으로 선술집에서도 흔히 팔았으며, 개똥지빠귀 역시 진미로 여겨졌다. 『옥스포드 전래 동요 사전The Oxford Dictionary of Nursery Rhymes』에는 1547년에 간행된 이탈리아 요리책에 파이 속에 넣은 새들이 살아 있어서 파이를 잘랐을 때 새들이 날아오르는 요리법이 있었다고 적혀 있다. 실제로 16세기에는 요리사가 저녁 식사용 파이에 뭔가 놀랄 만한 것을 숨기는 일이 흔했다. 『에브라리오Ebrario』라는 요리책에 따르면, 중세 서유럽이나 지중해 지역에서는 큰 잔치마다 여흥을 위해 파이 속에 살아 있는 작은 동물을 집어넣어 손님들을 놀래는 풍습이 유행했다고 한다. 특히 개똥지빠귀는 울음소리가 매우 아름답기로 유명해서 옛날 영국에서는 파이가 다 익어갈 무렵 개똥지빠귀를 파이 안에 집어넣은 다음, 파이를 자를 때 새들이 날아오르며 노래를 부르도록 함으로써 식사 시간의 여흥을 돋우었다.

이 동요에서 '6펜스'는 꽤 중요한 의미를 갖는다. 그리 크지 않은 금액이기 때문에 6펜스는 '놀랄 만한 것이 아니다', '큰일이 아니다', '별일 아니다' 또는 '하찮다'라는 뜻으로 쓰인다(6펜스의 가치는 10원 정도에 불과하다). 따라서 이 노래에는 힘겹게 살아가는 서민들과는 반대로 궁전에서 돈이나 세고 꿀 바른 빵을 먹으며 호화로운 생활로 시간을 보내는 왕과 왕비에 대한 조롱이 담겨 있다.

이 노래에 관한 가장 흥미로운 가설은 이 전래 동요를 18세기 초 악명을 떨친 전설적인 해적 검은수염Blackbeard이 동료 선원을 모집하기 위한 암호로 사용했다는 설이다. 이 설에 따르면 '왕'은 해적의 왕인 검은수염을, 그리고 '훌륭한 음식'은 함정에 걸려들어 약탈한 배를 가리킨다. 또 왕이 '돈을 세는 것'은 검은수염이 선원들에게 전리품을 공평하게 나누어주는 것이다. 진짜 왕은 돈을 세는 일을 하지 않기 때문이다.

해적왕 검은수염이 약탈에 주로 사용한 배의 이름은 '앤 여왕의 복수The Queen Anne's Revenge'였다. 따라서 '여왕'은 검은수염의 해적선을, '꿀 바른 빵'을 먹는 것은 항구에서 출항을 준비하며 물자를 보급받는 것이라고 전해진다. 해적에게 바다는 곧 정원이다. 시녀가 '빨래를 너는' 것은 약탈 목표로 삼은 배들이 바다에 떠 있음을 뜻한다. 그러니까 돛이 빨랫감인 셈인데, 개똥지빠귀가 내려와 '시녀의 코를 물어뜯는' 것은 검은수염 일당이 물품을 잔뜩 실은 배를 단숨에 탈취하는 것을 나타낸다.

'주머니에 가득한 호밀'은 하루 6펜스의 봉급 외에 따로 지급되었던 호밀로 만든 위스키를 뜻하고, '개똥지빠귀 스물네 마리'는 해적선에 함께 타고 있는 검은수염의 동료, '파이 속에서 구워졌다'는 것은 매복 장소에서 뛰쳐나오는 것을 뜻하며, '파이를 자르자 노래하기 시작했다'는 것은 숨어 있던 곳에서 나와 함성을 지르며 일거에 배를 습격한다는 의미다. 헨리 베츠Henry Betts는 자신의 전래 동요의 기원에 관한 저서에서 "16세기에는 파이 속에 온갖 종류의 깜짝 놀래는 것들을 숨기는 장난이 인기 있었다"고 주장한다. 해적들 역시 남을 놀래는 것을 좋아했을 것이다.

천진난만한 아이들의 노래가 사실은 선술집의 취객들과 잔인한 해적들에 의해 불렸다고 알려지게 된 데에는 미국의 한 케이블 방송국의 공이 크다. 2003년, TLC 방송국

은 「6펜스 노래를 부르자」라는 동요를 해적들이 선원을 모집하기 위해 선술집을 돌아다니며 불렀다는 내용을 내보냈다. 그 이후 18세기 초반에 해적 검은수염이 하루에 6펜스를 지불한다는 조건으로 암호처럼 만든 이 동요를 퍼뜨렸다는 것이 정설이 되었다. 당시에 하루 임금으로 6펜스 정도면 괜찮은 벌이였다고 한다. 그러나 이 가설은 알려진 바와는 다르게 신빙성이 그리 높지는 않다.

해석에 대한 논쟁은 제쳐두고서라도 이 익살맞은 동요를 행간의 의미까지 살려 흥미롭게 묘사한 칼데콧의 빼어난 솜씨는 여전히 돋보인다.

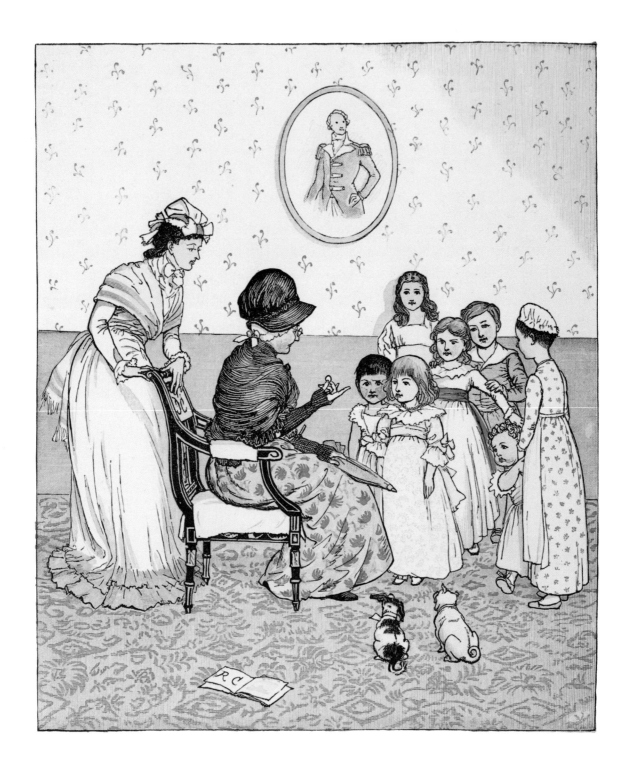

주머니에는

호밀이 한가득.

개똥지빠귀 스물네 마리가

파이 속에서

구워졌네.

파이를 자르자,
새들이 노래하기 시작했지.

"이것은

왕에게 차려내어도 좋을 만큼

훌륭한 음식이 아닌가?”

왕은

*회계실

회계실에서

돈을 세고 있었고,

여왕은

응접실에서

*꿀

꿀 바른 빵을 먹고 있었네.

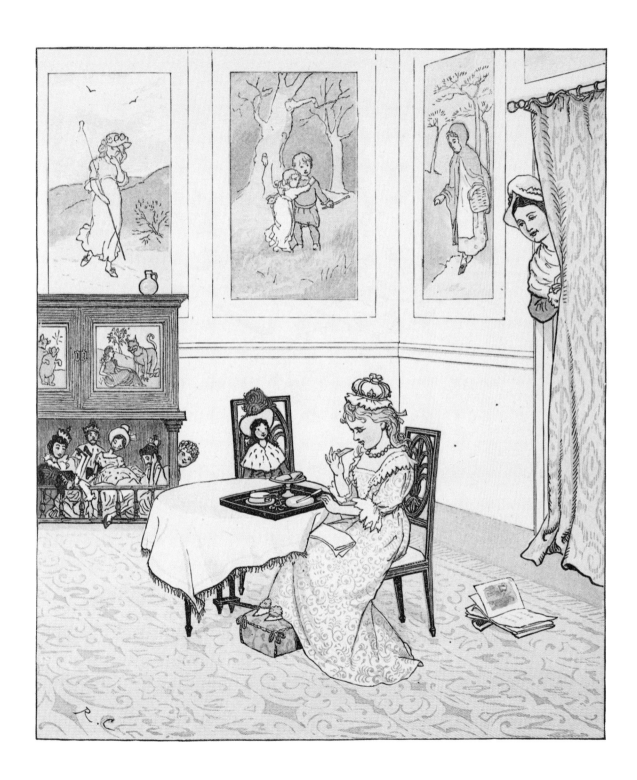

시녀는

정원에서

빨래를 널고 있었지.

작은 개똥지빠귀 날아와,

시녀의 코를 물어뜯었네.

그런데 굴뚝새 날아오더니
또다시 코를 쪼았네.

7

하트의 여왕

글 미상 | 랜돌프 칼데콧 그림

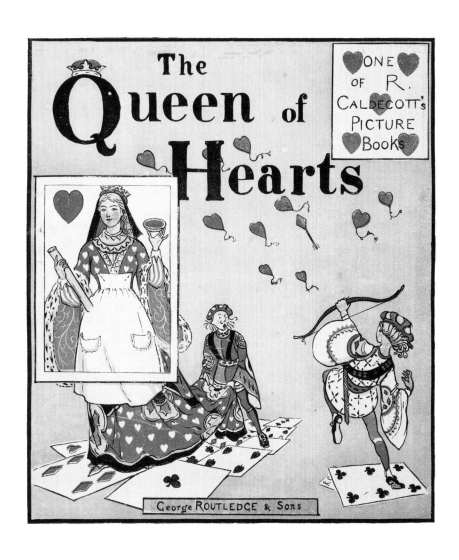

작품에 대하여

『옥스포드 전래 동요 사전』에 따르면, 하트의 여왕The Queen of Hearts이 직접 구워낸 타르트를 도둑맞는 내용의 이 동요는 1782년 4월 「유러피언 매거진European Magazine」 제434권에 처음으로 실렸다.

캐서린 토머스Katherine E. Thomas는 1930년에 펴낸 저서 『전래 동요에 나오는 인물들의 정체The Real Personages of Mother Goose』에서 「하트의 여왕」의 실제 모델이 엘리자베스 1세 여왕의 뒤를 이어 영국을 다스린 제임스 1세의 딸 엘리자베스라고 주장한다. 그녀는 성품이 곱고 아름다워 유럽 여러 나라의 왕자들로부터 구애를 받았으나, 열여섯 살이 되던 해에 독일 라인 강 상류에 위치한 팔츠의 선제후選帝侯이자 보헤미아의 왕인 프리드리히 5세와 동맹을 맺기 위한 정략결혼의 희생양이 되었다. 결혼 후에도 그녀는 변함없는 미모와 고운 심성으로 인해 보헤미아뿐 아니라 모국인 영국에서도 '하트의 여왕'이라는 별명으로 불리며 사랑받았다.

캐서린 토머스의 주장에 따르면 가사에 등장하는 '여름날'은 결혼하고 7년이 지난 1619년, 왕이 서거함에 따라 엘리자베스가 보헤미아의 여왕이 된 것을 뜻한다. 또 '하트의 악당'은 자신이 왕위 계승자라고 주장하던 선왕의 양자로, 왕위, 즉 타르트를 빼앗으려 했지만 엘리자베스의 높은 신망 덕분에 그녀의 남편이 왕위에 올라 '하트의 왕'이 되었다는 것이다.

이 동요는 영국의 작가이자 수학자인 루이스 캐럴Lewis Carroll의 『이상한 나라의 앨리스Alice in Wonderland』 중 「누가 타르트를 훔쳤나」에 인용된 것을 계기로 유명해졌다. 하지만 『이상한 나라의 앨리스』에 등장하는 하트의 여왕은 대단히 심술궂어서 자기 마음대로 되지 않으면 화를 버럭 내며 "목을 베라!"라고 외치는 것으로 잘 알려져 있다.

　이 책에서 칼데콧은 겨우 마흔네 개의 단어로 이루어진 이야기 속에 아름답게 차려 입은 하트의 여왕, 여왕이 구워낸 타르트를 겁 없이 훔친 하트의 악당의 배짱, 신하가 훔친 것을 알게 된 왕의 분노와 타르트를 서둘러 되찾으려는 조급한 성격 등을 정교하고 익살스럽게, 그러면서도 비교적 논리적으로 펼쳐놓았다. 이것은 그림책 일러스트레이터로서 갖기 힘든 특별한 재능이다.

　1881년에 출판된 『하트의 여왕』은 칼데콧의 그림책 열여섯 권을 기획한 에드먼드 에번스의 영향을 가장 강하게 받은 작품이다. 그림책의 아름다움은 색채가 얼마나 독자에게 강한 인상을 주는가에 달려 있고, 갈색과 어우러진 미묘한 녹색과 청색에 주로 시선이 머물게 된다는 에번스의 주장은 이 작품에 매우 잘 드러나 있다.

*아름다운 타르트 굽는 법 / *잼에 대한 모든 역사

하트의 여왕이
타르트를 구웠네.

*살구 잼, 블랙커런트 잼, 건포도 잼, 복숭아 잼, 딸기 잼 등 타르트 재료(왼쪽부터)

어느 여름날 온종일.

하트의 악당은 곧바로
타르트를 훔쳐,

아주 멀리 달아났다네.

하트의 왕은

타르트를 찾아오라 명하고는

하트의 악당을 흠씬 때려주었네.

하트의 악당은
타르트를 돌려주었네.

그리고 다시는 도둑질하지 않겠다고 맹세했다네.

8

농부네 젊은 일꾼

로버트 블룸필드 글 | 랜돌프 칼데콧 그림

작품에 대하여

칼데콧이 1881년에 펴낸『농부네 젊은 일꾼The Farmer's Boy』은 영국 농촌의 정경과 특색을 잘 보여주는 작품이다. 그는 영국 시인 로버트 블룸필드Robert Bloomfield에게 명성을 안겨준 농촌시「농부네 젊은 일꾼」을 말, 양, 암탉, 돼지, 오리, 개, 칠면조와 어린이들이 등장하는 서정적이고 소박한 전원시로 바꾸어놓았다. 블룸필드가 1800년에 펴낸 시집『농부네 젊은 일꾼』은 2년 사이에만 2만 5천 부가 넘게 팔릴 만큼 폭넓은 대중의 반응을 이끌어내며 놀라운 성공을 거두었다. 독자들의 호평은 물론 윌리엄 워즈워스William Wordworth와 새뮤얼 테일러 콜리지Samual Taylor Coleridge 같은 저명한 시인들의 찬사도 받았다. 미국에서도 여러 가지 판으로 출판되었고, 독일어판, 프랑스어판, 이탈리아어판, 그리고 라틴어판까지 나왔으니 당시 이 시집에 대한 반향이 어떠했는가를 짐작할 수 있다.

시골 출신인 칼데콧은 항상 전원생활을 소중히 여겼으며, 기회가 있을 때마다 어린 시절을 보낸 시골의 매력적인 풍경을 그대로 재현해내려고 노력했다. 그가 시골에서 보고 겪은 것들은 그의 예술에 절대적 영감이 되었다. 이 작품은 영국의 아름다운 시골을 기리고 영원히 기억하기 위해 칼데콧이 열정을 쏟아부은 좋은 예다.

이 책의 글과 그림에 묘사된 시골 풍경은 독자들에게 칼데콧이 어린 시절을 보낸 휘트처치의 아름다운 농촌을 생생히 전달한다. 농촌에서 흔히 만날 수 있는 동물들에 대한 애정이 엿보이며, 동물들의 행동을 사실적으로 묘사하는 탁월한 기술 또한 돋보인다. 동물들의 표정이 매우 풍부한데, 표지에 그려진 양들이 특히 귀엽고 매력적이다. 또 농부네 젊은 일꾼이 먹이가 든 통을 들고 다가가자 돼지들이 길쭉한 구유 앞에서 기다리는 장면은 눈앞에서 돼지들이 실제로 콧숨을 몰아쉬며 꿀꿀거리는 것처럼 생생하다.

무엇보다 '이랴', '매애', '구구', '꿀꿀', '꽥꽥', '멍멍', '꼴꼴' 같은 풍부한 의성어,

아이들의 고함 소리와 뿌루퉁한 표정 등이 잇달아 이루는 어울림은 읽는 사람들의 마음을 사로잡는다. 『잭이 지은 집』처럼 같은 구절이 되풀이되면서 재미와 즐거움을 더해주며, 아름다운 아가씨에게 강둑에서 만나자는 달콤한 제안으로 각 단락을 끝맺은 것 역시 유머러스한 분위기를 자아낸다.

칼데콧은 독자들이 원작의 짜임새 있는 문장과 이를 뒷받침하는 색조와 질감을 즐길 수 있도록 노력을 기울였다. 한 동물을 여러 가지 색깔로 처리한 것도 그러한 효과를 노린 것으로, 어린이 그림책에서 좀처럼 드문, 감각적이고 생동감 있는 색채를 사용해 생명을 불어넣었다.

선, 색채, 명암 대비, 독특한 구성과 형태, 인물의 행동이나 관점과 농장의 동물들이 저마다 존재감을 드러내 보이도록 한 방식을 통해, 어떠한 이야기든 생생하고 활기차게 표현해내는 칼데콧의 솜씨를 엿볼 수 있다. 또한 그는 거침없고 원숙한 화풍으로 누구도 예측할 수 없는 장면들을 자연스럽게 끼워넣는 능력을 보여주기도 한다. 돼지 한 마리가 안경을 쓰고 땅바닥에 흩어져 있는 알파벳을 읽는 장면이 바로 그 예인데, 돼지가 오른쪽 마지막 알파벳을 발로 집고서 읽고 있는 글자가 여자 이름인 '메리 Mary'인 것도 흥미롭다.

내가 농부, 농부네 젊은 일꾼이었을 때,

주인님의 말을 돌보곤 했지.

여기서 이랴아, 저기서 이랴아,

여기서도 이랴, 저기서도 이랴,

어디에서나 이랴.

나는 말하네.

"아름다운 아가씨. 에어 강 둑길로 오세요, 네?"

내가 농부, 농부네 젊은 일꾼이었을 때,

주인님의 양을 돌보곤 했지.

여기서 매애 매애, 저기서 매애 매애,

여기서도 매애, 저기서도 매애,

어디에서나 매애.

여기서 이랴아, 저기서 이랴아,

여기서도 이랴, 저기서도 이랴,

어디에서나 이랴.

나는 말하네.

"아름다운 아가씨. 에어 강 둑길로 오세요, 네?"

내가 농부, 농부네 젊은 일꾼이었을 때,
주인님의 암탉을 돌보곤 했지.
여기서 구구 구구, 저기서 구구 구구,
여기서도 구구, 저기서도 구구,
어디에서나 구구.
여기서 매애 매애, 저기서 매애 매애,
여기서도 매애, 저기서도 매애,
어디에서나 매애.
여기서 이랴아, 저기서 이랴아,
이랴, 이랴, 이랴.
나는 말하네.
"아름다운 아가씨. 에어 강 둑길로 오세요, 네?"

내가 농부, 농부네 젊은 일꾼이었을 때,
주인님의 돼지를 돌보곤 했지.
여기서 꿀꿀 꿀꿀, 저기서 꿀꿀 꿀꿀,
여기서도 꿀꿀, 저기서도 꿀꿀,
어디에서나 꿀꿀.
여기서 구구 구구, 저기서 구구 구구,
여기서도 구구, 저기서도 구구,
어디에서나 구구.
여기서 매애 매애, 저기서 매애 매애,
매애, 매애, 매애.
여기서 이랴아, 저기서 이랴아,
이랴, 이랴, 이랴.
나는 말하네.
"아름다운 아가씨. 에어 강 둑길로 오세요, 네?"

282

*메리

내가 농부, 농부네 젊은 일꾼이었을 때,
주인님의 오리를 돌보곤 했지.
여기서 꽥꽥 꽥꽥, 저기서 꽥꽥 꽥꽥,
여기서도 꽥꽥, 저기서도 꽥꽥,
어디에서나 꽥꽥.
여기서 꿀꿀 꿀꿀, 저기서 꿀꿀 꿀꿀,
꿀꿀, 꿀꿀, 꿀꿀.
여기저기서 구구 구구, 구구,
여기저기서 매애 매애, 매애,
여기저기서 이랴아, 이랴.
나는 말하네.
"아름다운 아가씨. 에어 강 둑길로 오세요, 네?"

내가 농부, 농부네 젊은 일꾼이었을 때,
주인님의 개를 돌보곤 했지.
여기서 멍멍 멍멍, 저기서 멍멍 멍멍,
여기서도 멍멍, 저기서도 멍멍,
어디에서나 멍멍.
여기서 꽥꽥 꽥꽥, 저기서 꽥꽥 꽥꽥,
꽥꽥, 꽥꽥, 꽥꽥.
여기저기서 꿀꿀 꿀꿀, 꿀꿀.
여기저기서 구구 구구, 구구,
여기저기서 매애 매애, 매애,
여기저기서 이랴아, 이랴.
나는 말하네.
"아름다운 아가씨. 에어 강 둑길로 오세요, 네?"

내가 농부, 농부네 젊은 일꾼이었을 때,

주인님의 아이들을 돌보곤 했지.

여기서 고함치고, 저기서 토라지고,

여기서도 고함, 저기서도 뿌루퉁,

어디에서나 고함.

여기서 멍멍 멍멍, 저기서 멍멍 멍멍,

멍멍, 멍멍, 멍멍.

여기저기서 꽥꽥 꽥꽥, 꽥꽥.

여기저기서 꿀꿀 꿀꿀, 꿀꿀.

여기저기서 구구 구구, 구구,

여기저기서 매애 매애, 매애,

여기저기서 이랴아, 이랴.

나는 말하네.

"아름다운 아가씨. 에어 강 둑길로 오세요, 네?"

내가 농부, 농부네 젊은 일꾼이었을 때,

주인님의 칠면조를 돌보곤 했지.

여기서 골골 골골, 저기서 골골 골골,

여기서도 골골, 저기서도 골골 ,

어디에서나 골골.

여기서 고함치고, 저기서 토라지고,

여기서도 고함, 저기서도 뿌루퉁,

고함, 고함, 뿌루퉁.

여기저기서 멍멍 멍멍, 멍멍.

여기저기서 꽥꽥 꽥꽥, 꽥꽥.

여기저기서 꿀꿀 꿀꿀, 꿀꿀.

여기저기서 구구 구구, 구구,

여기저기서 매애 매애, 매애,

여기저기서 이랴아, 이랴.

나는 말하네.

"아름다운 아가씨. 에어 강 둑길로 오세요, 네?"

9

우유 짜는 아가씨

글 미상 | 랜돌프 칼데콧 그림

작품에 대하여

1882년 칼데콧이 펴낸 『우유 짜는 아가씨The Milkmaid』의 표지는 매우 화려하면서도 곱고 산뜻하다. 다른 채색 그림들도 표지 못지않게 화사해 그에 대비되는 단색 펜 스케치들이 오히려 경쾌한 느낌을 준다. 케임브리지 대학교 출판부에서 펴낸 『케임브리지 영어 어린이책 길잡이The Cambridge Guide to Children's Books in English』의 편집자 빅터 왓슨Victor Watson은 "형식에 구애되지 않는 자유분방한 펜 스케치로 인물과 동작을 포착하는 능력"을 칼데콧의 장기라 칭찬했다.

일찍이 칼데콧의 재능을 알아보고 「칼데콧 그림책」을 기획, 출간한 에드먼드 에번스는 칼데콧에게 채색화 사이에 갈색 펜 스케치를 사용하도록 권했다. 그는 이러한 구성이 "이미 잘 알고 있는 단어들로 독창적인 이야기, 때로는 재치 있고 풍자적인 이야기를 펼쳐 보이도록 한다"고 주장했다. 『우유 짜는 아가씨』를 비롯한 많은 그림책에 풍자적이고 독자적인 해석을 덧붙인 그림이 많은 것도 그 때문이다.

이 책에서 칼데콧은 가난한 젊은 지주의 허욕을 조롱하는 오래된 민요를 다채로운 디자인으로 풀이했다. 간결한 가사만큼 칼데콧의 묘사도 섬세하게 절제되었으며, 그림 하나하나 모두 은근한 미소를 짓게 한다. 가난한 도련님과 우유를 짜는 아름다운 아가씨의 이야기가 전개됨과 함께 개, 말, 암소 등의 동물들도 조연의 역할을 아주 잘해내고 있다. 특히 거의 모든 장면에 개들이 '약방에 감초'로 등장해 꼬리를 흔들며 주위를 맴도는 모습은 대단히 우스꽝스럽다.

목장을 지나가다 만난 어여쁜 아가씨에게 반해버린 가난한 시골 지주 아들은 그녀에게 청혼할 때, 부잣집 딸을 맞아들이라는 어머니의 당부대로 '그런데 아름다운 소녀여, 재산은 얼마나 되나요?'라고 묻는다. 바로 이 물음에 대한 아가씨의 대답이 칼데콧의 솜씨가 가장 뛰어나게 발휘된 부분이자 가장 익살스러운 부분이다. '내 얼굴

이 나의 재산이지요'라는 처녀의 대답에 당황한 가난한 도련님의 태도와 암소의 반응이 대조되어 특히나 더 재미있게 표현되어 있다. 암소는 어처구니없고 황당하기 짝이 없다는 표정을 짓고 이어지는 장면의 개들도 별다르지 않은 반응을 보인다. 앞서 그의 어머니가 '너는 부유한 여자를 아내로 맞아야 한다!'고 당부한 것을 되새겨보면 이 그림들은 더욱 재치있게 느껴진다.

그리고 이어지는 이야기 속에서 '그렇다면 당신과 결혼할 수 없겠군요, 아름다운 아가씨!'라고 말한 오만한 젊은 지주는 오히려 목장에서 우유를 짜는 아름다운 여인에게 퇴짜를 맞는다. '누가 결혼해 달라고 했나요, 도련님!', '누가 당신에게 결혼해달라고 했나요, 도련님!', '누가 그랬나요!', '아무도 당신에게 결혼해달라고 하지 않았다고요!'라고 같은 말이 네 번이나 되풀이해 강조된다. 야무진 아가씨가 콧방귀를 뀌며 쏘아붙이는 한마디는 가난한 젊은 지주의 욕심, 어머니의 충고를 충실하게 따르려는 의지와 효심이 얼마나 이기적이고 헛된 것인가를 잘 드러낸다.

우유 짜는 아가씨

칼데콧이 여러 가지 그림으로 표현하고 설명한 옛 노래

한 귀부인이 가난한 시골 지주인 아들에게 말했지.

"너는 부유한 여자를 아내로 맞아야 한다!"

"아름다운 아가씨, 어디를 가고 있나요?"

"우유 짜러 간답니다, 도련님." 우유 짜는 아가씨가 말했네.

"함께 가도 될까요, 아름다운 아가씨?"

"그럼요, 당신이 좋다면요. 친절한 도련님." 우유 짜는 아가씨가 말했네.

"아버님은 무슨 일을 하시나요, 아름다운 아가씨?"

"저희 아버지는 농부랍니다." 우유 짜는 아가씨가 말했네.

"아름다운 아가씨, 나와 결혼해주겠소?"

"어머나, 고마워요. 친절한 도련님." 우유 짜는 아가씨가 말했네.

"그런데 아름다운 아가씨, 재산은 얼마나 되나요?"

"내 얼굴이 나의 재산이지요." 우유 짜는 아가씨가 말했네.

"그렇다면 당신과 결혼할 수 없겠군요, 아름다운 아가씨!"

"누가 결혼해달라고 했나요, 도련님!" 우유 짜는 아가씨가 말했네.

"누가 당신에게 결혼해달라고 했나요, 도련님!" 우유 짜는 아가씨가 말했네.

"누가 그랬나요!" 우유 짜는 아가씨가 말했네.

"아무도 당신에게 결혼해달라고 하지 않았다고요!" 우유 짜는 아가씨가 말했네.

10

헤이 디들 디들
통통한 아가

글 미상 | 랜돌프 칼데콧 그림

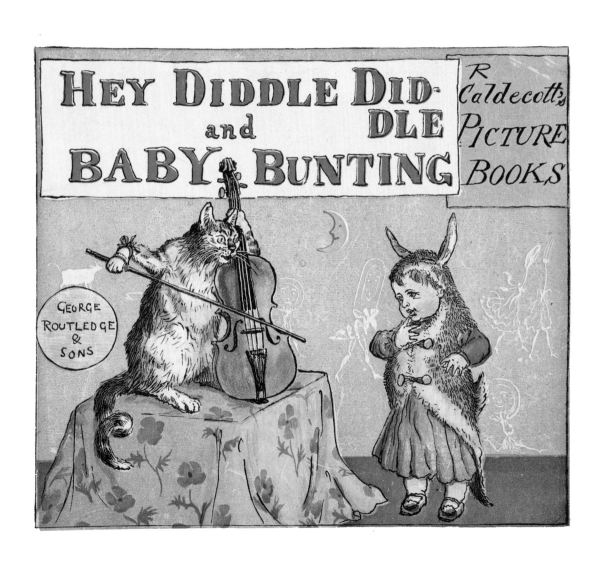

작품에 대하여

칼데콧이 1882년에 한 권으로 엮어낸 「헤이 디들 디들Hey Diddle Diddle」과 「통통한 아가Baby Bunting」는 대표적인 전래 동요이자 자장가로 유명하다. 평론가 리타 스미스 Rita Smith는 이 그림책의 매력이 이야기에 덧붙여진 그림에서 발견된다고 했다. 즉 칼데콧이 "전래 동요에는 없는 유머와 깊은 의미를 불어넣어 확대"했으며 그의 삽화들이 경쾌하고 활발한 분위기를 드러내고 있다고 평가했다.

자장가는 대부분 별다른 뜻이 없는 시에 곡을 붙여 아이들의 상상력을 자극한다. '헤이 디들 디들'이라는 아무런 의미가 없는 구절은 영국 민요에 자주 등장하는 '헤이 노니 노Hey Nonny No'와 같은 맥락에서 사용된 것이다. 이러한 단어와 이미지들은 일정한 운율을 지니고 있어 소리 내 읽으면 몹시 유쾌하다.

바이올린 연주에 맞춰 소, 돼지, 닭, 새가 춤추고 초승달이 빙긋이 웃는 장면도 재미있지만, 소가 달을 뛰어넘고, 그 장면을 목격한 아가씨가 자기도 모르게 물통을 내던지는 장면이 더 우스꽝스럽다. 사실 소는 초승달이 지평선 위에 걸려 있는 풍경을 배경으로 땅 위에서 뛰고 있을 뿐이다. 달이 소의 뒷발 밑에 있어서, 마치 소가 달을 뛰어넘는 것처럼 보인다.

「헤이 디들 디들」에서 가장 흥미진진한 장면은 고양이가 바이올린을 연주하는 모습이다. 고양이가 식탁 위에서 연주하는 흥겨운 곡조에 맞추어 아이들이 춤추고, 식기들도 따라서 춤을 춘다. 그리고 초승달이 걸려 있는 밤, 고양이가 담 위에서 바이올린을 연주할 때에는 소, 닭, 돼지 등 여러 동물들이 따라서 춤을 춘다. 즐거움이 가득 묻어나는 생생한 표정은 독자들의 상상력을 더욱 부풀린다.

『옥스포드 전래 동요 사전』은 이 동요가 "특별한 의미가 없는 영어 시 가운데 가장 유명한 시"이며, 지금은 정확히 알 수 없는 우스꽝스러운 춤에 맞춰 불렸다고 밝히고 있다.

　오늘날에도 가장 널리 불리는 동요 가운데 하나인 이 노래에 관해 갖가지 추측이 난무하는데, 그중 하나는 이 전래 동요가 영국 왕실에서 사람들에게 우스운 별명을 붙이던 옛 관습을 노래한 것이라는 설이다. 여기에 나오는 고양이는 엘리자베스 1세 여왕을 가리키는 것으로 알려져 있다. 엘리자베스 1세는 마치 고양이가 쥐를 가지고 놀듯 신하들을 다룬다고 해서 '고양이'라는 별명이 붙었다고 한다. 그녀가 신하들 앞에서 바이올린 연주하는 것을 즐겼다는 이야기 또한 책의 내용과 일치한다. 그에 더해져 '암소'와 '달'이 왕궁의 다른 인물들을, '귀여운 강아지'는 여왕의 애완견을 가리킨다는 설도 있다. 반면 이 동요가 불운을 암시하는 노래라는 주장이나 하늘의 별자리를 노래한 것이라는 설도 있다.

　「통통한 아가」도 원래 자장가이기 때문에 가사에 별다른 뜻이 담겨 있는 것은 아니다. 자장가는 노래로 부르는 것이기 때문에 가사의 내용보다는 멜로디나 불러주는 사람의 목소리가 중요하다. 원래의 노래는 겨우 4행으로 이루어져 있지만 칼데콧은 열두 쪽에 이르는 그림으로 재해석했다. 별다른 의미가 담기지 않은 짧은 노래를 생명의 의미를 일깨우는 심오한 그림책으로 만들어낸 것이다.

　「통통한 아가」에서 가장 중요한 것은 토끼 가죽이다. 아버지가 사냥을 나간 것은 아기에게 입힐 옷을 만들 토끼 가죽을 얻기 위해서다. 그러나 칼데콧의 책 속에서 사냥을 간 아버지는 빈손으로 돌아와 사냥개가 안내한 가게에서 토끼 가죽을 사 아기에게 입힌다. 대단히 날카롭고 매서운 풍자다.

　칼데콧은 「통통한 아가」에서도 마지막에 원작에는 없는 내용을 그림으로 덧붙여 재해석했다. 토끼 여러 마리가 토끼 옷을 입은 아기를 바라보는 장면으로, 자신이 입고 있는 토끼 가죽 옷이 어떻게 해서 만들어진 것인가를 아기에게 알려주기 위한 것이다. 더욱이 토끼들은 온몸에 토끼 가죽을 걸친 아기가 어머니의 손을 잡고 지나가는 모습을 의미심장한 눈길로 지켜본다.

칼데콧 상, 뉴베리 상, 한스 크리스티안 안데르센 상을 비롯해 우수한 아동문학 작품에 수여하는 상을 대부분 수상한 모리스 센닥은 이 그림 속에서 아기는 자신이 입고 있는 옷이 원래는 살아 있던 토끼였음을 깨닫고 충격을 받는다며 다음과 같이 해석한다.

"아기는 매우 당혹스러운 눈길로 토끼들을 바라본다. 마치 자신이 입고 있는 이 깜찍하고 따뜻한 옷이 '토끼에게서 나온 것'임을 이제야 알게 되었다는 듯이. 그 모든 것이 아기의 두 눈—펜으로 단숨에 그려낸 단 두 개의 선—에 담겨 있다. 그러나 너무 능란하게 처리되어 있어 그 뜻이 완벽하게 표현되어 있다. 나는 그 눈에서 삶과 죽음에 대한 놀람과 절망을 읽는다. '이 옷을 토끼 가죽으로 만들었단 말인가?', '내가 입을 옷을 만들기 위해 누군가 죽어야 한단 말인가?'

아버지가 가게에서 토끼 가죽을 사는 희극적인 장면에서 이어지는 마지막 장면은 유난히 더 신랄하다. 칼데콧은 매우 세심하고 심미안이 높은 작가이기 때문에 멜로드라마를 만들지 않는다. 그는 아무리 무거운 주제라도 억지로 슬픔을 끼워넣으려 하지 않고 경쾌하게 다룬다. 그리고 비극이라고 부를 수는 없지만, 순식간에 스쳐가는 그림자처럼 어딘가 감정을 건드린다. 칼데콧의 그림책이 뜻밖의 깊이를 보여주는 까닭은 바로 이 때문이다."

칼데콧이 그림으로 다루는 대상의 기발한 언행과 유머에도 불구하고, 「헤이 디들 디들」과 마찬가지로 「통통한 아가」에서도 때로는 으스스한 느낌이 든다. 이러한 기법과 애초에 의도했던 효과를 내는 솜씨는 그의 삽화가 지니는 특징 가운데 하나다.

참고로 '영국 어린이 그림책의 3대 거장' 가운데 한 명이자 칼데콧과 친구로서 서로 영향을 주고받은 월터 크레인이 1877년 무렵 발표한 『어린이 오페라Baby's Opera』에도 고양이가 바이올린을 연주하는 그림이 수록되어 있다. 의인화된 고양이라는 유사한 소재를 다룬 월터 크레인의 작품과 칼데콧의 작품을 함께 보며, 두 사람의 표현 방식과 작품 세계를 비교해보는 것도 흥미로울 듯하다.

*월터 크레인 『어린이 오페라』 표지와 본문

헤이 디들 디들

헤이, 디들, 디들,

고양이와

바이올린,

암소가 달을 뛰어넘자

귀여운 강아지가 웃었네,

그 익살스러운 장난에.

그리고 접시는 숟가락과 함께 도망을 갔다네.

통통한 아가

잘 자라, 통통한 아가야!

아빠는

사냥을

떠났네.

토끼 가죽을

*토끼 가죽 상점

구하러 갔지.

통통한 아가에게 입혀주려고.

11

청혼하러 간 개구리

글 미상 | 랜돌프 칼데콧 그림

작품에 대하여

영국의 대표적인 민요 「청혼하러 간 개구리A Frog He Would a-Wooing Go」의 기원을 아는 사람은 아무도 없다. 400여 년 전 스코틀랜드에서 처음으로 가사가 쓰였다는 것만 알려져 있다. 이 노래는 스코틀랜드 사투리뿐 아니라 민요를 다룬 중요한 자료로, 1549년에 간행된 『스코틀랜드의 푸념The Complaynt of Scotland』에 「물방앗간으로 간 개구리The Frog Came to the Myl Dur」라는 제목으로 처음 언급된다. 그리고 1584년에 간행된 『출판 목록Stationers Hall』에서도 「개구리와 쥐의 가장 이상한 결혼A Moste Strange Weddinge of the Frogge and the Mowse」이라는 발라드를 발견할 수 있다.

영어권 나라의 어린이라면 대부분 어린 시절 '개구리의 청혼'에 관한 노래를 듣고 자라는데, 워낙 오래전부터 불려온 탓인지 나라마다 내용이 조금씩 다르다. 어린이들이 이해하기에 쉽지 않은 내용임에도 아주 어린아이들까지 매우 흥겨워하며 따라 부른다. 특히 미국의 인기 만화영화 「톰과 제리Tom and Jerry」 시리즈에도 삽입되었을 정도로 아이들에게는 친숙한 동요다.

일부를 제외하고 각 연은 첫 행에 이어 "'헤이호!' 로울리는 외치네!"라는 후렴으로 이어지고, 마지막 두 행은 '맛있는 고기와 음식을 먹으며'로 시작되는 후렴으로 마친다. '헤이호Heigho'는 우리말의 '아이고' 또는 '맙소사'에 해당하는 가벼운 감탄사다. 이러한 후렴구는 여러 사람들이 함께 부르기 좋게 하기 위한 것이다.

칼데콧은 개구리와 쥐를 의인화한 모습과 행동으로 매우 실감 나게 묘사했고, 그들이 만들어내는 각각의 장면을 매우 독창적으로 구성했다. 멋진 오페라해트에 정장을 차려입은 개구리가 역시 정장 차림의 쥐를 앞세워 사랑하는 쥐 아가씨에게 청혼하러 가는 광경은 유쾌하기 그지없다. 그런데 이토록 당당했던 개구리는 무서운 고양이를 피해 개울을 건너다 오리에게 잡아먹히고 모자만 달랑 남긴다. 그리고 그 모습을 한 가

족이 지켜보는데, 미국의 그림책 작가 모리스 센닥은 이 당혹스러운 결말을 다음과 같이 풀이한다.

"양산으로 모자를 가리키는 어머니는 쓸쓸한 표정이며, 아버지는 체념한 듯하다. 부모는 아이들에게 '그래, 안타까운 일이야. 하지만 세상엔 그러한 일들도 일어난단다. 이야기는 그런 식으로 끝나지. 어쩔 수 없어. 하지만 너희에겐 우리가 있잖니. 신경 쓰지 마라, 다 잘 될 거야!'라는 말을 건네는 듯 하다. 어린이 그림책으로서는 드물게 강한 인상을 주는 그림이다."

절묘한 의인화와 독창적인 구성으로 인해 칼데콧이 1883년에 펴낸 이 그림책은 「피터 래빗」 시리즈로 유명한 베아트릭스 포터를 비롯한 후대의 수많은 그림책 작가들에게 커다란 영향을 미친 걸작으로 평가받고 있다.

이야기 속 앤서니 로울리Anthony Rowly라는 사람이 누구인지는 아직까지 밝혀지지 않았다. 다만 『체임버스 사전Chambers Dictionary』은 '헤이호'를 따분함을 표현하는 감탄사라고 해석하며, '앤서니 로울리'라는 정체가 불분명한 인물을 등장시킨 의도가 지방의 귀족들이나 특권층들을 풍자하기 위한 것이라 풀이한다.

존 랭스태프John Langstaff가 글을 쓰고 표도르 로잰코프스키Feodor Rojankovsky가 그려 1955년에 펴낸 『개구리와 쥐의 결혼A Frog Went a-Courtin』은 1956년에 칼데콧 상을 받았다.

개구리가 청혼하러 갔다네.
"헤이호!" 로울리는 외치네!
엄마가 허락하든 안 하든, 청혼을 하러 갔다네.
맛있는 고기와 음식을 먹으며,
"헤이호!" 앤서니 로울리는 외치네!

개구리는 오페라해트를 쓰고 떠났다네.

"헤이호!" 로울리는 외치네!

가는 길에 쥐 아저씨를 만났네.

맛있는 고기와 음식을 먹으며,

"헤이호!" 앤서니 로울리는 외치네!

"쥐 아저씨, 나와 함께 가주세요."

"헤이호!" 로울리는 외치네!

"아름다운 쥐 아가씨를 만나러 가지 않을래요?"

맛있는 고기와 음식을 먹으며,

"헤이호!" 앤서니 로울리는 외치네!

이윽고 그들은 쥐 아가씨네 현관에 다다랐네.

"헤이호!" 로울리는 외치네!

문을 크게 한 번 두드리고 큰 소리로 부르네.

맛있는 고기와 음식을 먹으며,

"헤이호!" 앤서니 로울리는 외치네!

"쥐 아가씨, 집에 계신가요?"

"헤이호!" 로울리는 외치네!

"아, 예, 친절한 신사분들, 저는 물레를 돌리고 있답니다."

맛있는 고기와 음식을 먹으며,
"헤이호!" 앤서니 로울리는 외치네!

*앵초 술, 커런트 술

"쥐 아가씨, 맥주 좀 주시겠습니까?"

"헤이호!" 로울리는 외치네!

"개구리 씨와 저는 즐겁게 술 한잔하는 것을 좋아하지요."

맛있는 고기와 음식을 먹으며,

"헤이호!" 앤서니 로울리는 외치네!

"개구리 님, 노래 한 곡 불러주세요."

"헤이호!" 로울리는 외치네!

"너무 긴 노래는 말고요."

맛있는 고기와 음식을 먹으며,

"헤이호!" 앤서니 로울리는 외치네!

"네, 쥐 아가씨."

개구리가 대답했네.

"헤이호!" 로울리는 외치네!

"감기 때문에 목소리가 무척 쉬었어요."

맛있는 고기와 음식을 먹으며,

"헤이호!" 앤서니 로울리는 외치네!

"개구리 님이 감기에 걸렸다면,"
쥐 아가씨가 말했네.
"헤이호!" 로울리는 외치네!
"제가 방금 만든 노래를 불러드릴게요."
맛있는 고기와 음식을 먹으며,
"헤이호!" 앤서니 로울리는 외치네!

그러나 그들이 이처럼 즐거워할 때,
"헤이호!" 로울리는 외치네!
엄마 고양이와 새끼 고양이들이 갑자기 쳐들어왔네.
맛있는 고기와 음식을 먹으며,
"헤이호!" 앤서니 로울리는 외치네!

엄마 고양이는 쥐 아저씨의 머리를 잡아챘고,
"헤이호!" 로울리는 외치네!
새끼 고양이들은 작은 쥐 아가씨를 바닥으로 끌어내렸네.
맛있는 고기와 음식을 먹으며,
"헤이호!" 앤서니 로울리는 외치네!

이 광경을 본 개구리는 너무 놀랐다네.
"헤이호!" 로울리는 외치네!
그는 모자를 벗어 들고 고양이들에게 밤 인사를 건넸네.
맛있는 고기와 음식을 먹으며,
"헤이호!" 앤서니 로울리는 외치네!

하지만 개구리가 맑은 개울을 건널 때,

"헤이호!" 로울리는 외치네!

백합처럼 하얀 오리가 다가와 그를 삼켜버렸지.

맛있는 고기와 음식을 먹으며,

"헤이호!" 앤서니 로울리는 외치네!

그래서 쥐 아저씨, 쥐 아가씨, 변변치 못한 개구리는,
"헤이호!" 로울리는 외치네!
하나, 둘, 셋으로 끝이었네!
맛있는 고기와 음식을 먹으며,
"헤이호!" 앤서니 로울리는 외치네!

12

목사님 집 문을 뛰어넘은 여우

글 미상 | 랜돌프 칼데콧 그림

작품에 대하여

　칼데콧이 1883년에 펴낸 『목사님 집 문을 뛰어넘은 여우The Fox Jumps over the Parson's Gate』에서 여우와 사냥개는 결혼식을 방해하는 존재다. 이 그림책을 보면 "칼데콧의 작품 속에 담긴 풍자와 유머는 우리의 감정을 억누를 수 없게 만들며, 건전한 정신을 지닌 사람이라면 남자든 여자든, 또는 어린이든 노인이든 상관없이 자기도 모르게 웃으며 그림을 보게 된다"는 평가에 공감하게 된다.

　결혼식 주례를 서던 목사님이 여우와 사냥개들을 뒤쫓아 가는 장면이 특히 그렇다. 여우 사냥이 시작되었음을 알리는 뿔나팔 소리가 들리자 목사님은 성스러운 흰옷마저 벗어 던지며 결혼식장에 모인 사람들에게 작별 인사를 고한다. 결혼을 축하하러 온 하객들은 물론이고 당사자인 신랑, 신부가 얼마나 황당해할 것인가에 대해서는 조금도 신경을 쓰지 않는 듯 미소까지 짓고 있다. 결혼식이 한창인 때 목사님이 저지르는 엉뚱한 행동은 책을 읽는 이들의 웃음을 이끌어낸다.

　모두들 한바탕 사냥감을 쫓고 난 뒤에는 선술집에 들어가 삼삼오오 둘러앉아 술을 마시며 이야기를 나누다 집으로 돌아간다. 그런데 이 이야기의 화자는 그 와중에도 오직 사랑하는 낸시에게 온 생각이 쏠려 있다. '그러나 나의 생각은 온통 낸시에게 가 있지'라는 구절이 후렴처럼 매번 반복되며 그 사실을 강조한다.

　후렴에 나오는 '쉭쉭!'이라는 의성어는 영어로 'Tally-ho'인데 여우를 사냥할 때 말을 타고 사냥감을 물색하던 사람이 사냥개들에게 여우를 발견했음을 알리고, 어서 빨리 사냥감을 몰 것을 재촉하는 소리다.

　이 노래는 글귀가 많거나 사용된 어휘가 풍부하지도 않을 뿐더러 지극히 단순한 내용임에도 불구하고 매우 흥미로운 작품으로 오랜 세월 사랑받아 왔다. 어떤 노래인지 궁금하다면 인터넷을 통해 영국의 유명한 포크송 가수 피터 벨라미Peter Bellamy의 목

소리로 들어볼 수 있다. 벨라미는 이 노래를 타이틀곡으로 삼아 「목사님 집 문을 뛰어넘은 여우—벨라미 가족의 애창곡 The Fox Jumps Over the Parson's Gate—Straight from the Bellamy Family Repertoire」이라는 앨범을 1969년에 발매했다. 함께 수록된 앨범 해설에는 어머니가 불러준 노래에 매료된 벨라미가 어린 시절부터 줄곧 즐겨 부른 노래라고 적혀 있다. 벨라미의 수준 높은 노래는 칼데콧의 그림과 조화를 잘 이룬다는 평가를 받는다.

사냥꾼이 아침에 뿔나팔을 불자,
사람들은 사냥을 떠나네, 오!
사람들은 사냥을 떠나네, 오!
사람들은 사냥을 떠나네, 오!
사냥꾼이 아침에 뿔나팔을 불자,
사람들은 사냥을 떠나네, 오!

여우가 목사님 집 문을 뛰어넘고,
사냥개들은 모두 여우 뒤를 쫓아가네,
사냥개들은 모두 여우 뒤를 쫓아가네,
사냥개들은 모두 여우 뒤를 쫓아가네.

그러나 나의 생각은 온통 낸시에게 가 있지.
그래서 나는 "쉭쉭!" 하고 사냥개를 부추길 거라네!
"쉭쉭!" 하고 소리칠 거라네!

사냥개들이 모두 나타났을 때,
목사님은 결혼식 주례를 서고 있었네.
그는 흰옷을 머리 위로 벗어 던지고,
신랑 신부에게 작별 인사를 했네!

*이 아래

그러나 나의 생각은 온통 낸시에게 가 있지.
그래서 그는 "쉭쉭!" 하고 사냥개를 부추겼지!
"쉭쉭!" 하고 소리쳤다네!

오! 젊은 군인을 깔보아 업신여기지 마오.

계급이 낮더라도,

계급이 낮더라도,

계급이 낮더라도.

그러나 나의 생각은 온통 낸시에게 가 있지.

그래서 나는 "쉭쉭!" 하고 사냥개를 부추길 거라네!

여러분, 이제 다른 사람들에게 맡기시오.
우리는 집에 가야 하니,
우리는 집에 가야 하니,
우리는 집에 가야 하니.
그리고 당신이 나에게 이 노래를 왜 부르는지
그 까닭을 알려달라고 한다면,
아이고, 나는 잘 모른다네,
잘 모른다네.

그러나 나의 생각은 온통 낸시에게 가 있지.

그래서 나는 "쉭쉭!" 하고 노래할 거라네!

"쉭쉭!" 하고 노래할 거라네!

그러나 나의 생각은 온통 낸시에게 가 있지.

그래서 나는 **"쉭쉭!"** 하고 노래할 거라네!

13

처녀 총각 들이여, 오라

글 미상 | 랜돌프 칼데콧 그림

작품에 대하여

영국에서 5월 1일은 오월제이자 노동절이다. 이날을 맞아 각 지방에서 뽑은 5월의 여왕은 광장에 세워놓은 기둥 아래에서 전통 음악에 맞추어 춤을 추고, 청춘을 맞은 처녀 총각 들도 이 기둥 옆에 모여 춤을 춘다. 그들은 춤이 끝나면 키스를 하고, 악사만이 슬픈 노래로 축제를 마감한다. 전통 의상을 곱게 갖춰 입은 오월의 여왕도 중요하지만, 다산과 풍요의 상징인 기둥이야말로 이 축제의 핵심이다. 기둥을 매우 높이 세우고, 꼭대기에 화려한 꽃과 리본을 장식하는 것도 그 때문이다.

「처녀 총각 들이여, 오라Come Lasses and Lads」는 영국의 대표적인 민요이며, 오월제 민요 가운데 가장 인기 있는 춤곡이다. 이 노래가 유행하던 시기는 1670년 무렵까지 거슬러 올라가는데 원래는 칼데콧이 인용한 것보다 훨씬 길다.

칼데콧이 1884년에 이 그림책을 펴냈을 무렵, 영국 여성들은 일, 육아, 가족과 나라를 향한 희생, 봉사, 복종, 그리고 고결한 아름다움 등에 충실해야 한다는 사회적 압력에 점점 더 강하게 반발하기 시작했다. 이러한 풍조는 그들의 사회적 태도에도 영향을 미쳤다. 이 그림책에서도 처음에는 수동적으로 이끌리기만 하던 여성들이 나중에는 남성들과 말다툼하기 시작하고, 심지어는 그들에게 키스를 돌려달라고 요구한다. 남성들이 일방적으로 행한 키스를 자기들이 능동적으로, 직접 그들에게 돌려주겠다는 것이다.

끝 부분에 등장하는 열두 번의 키스는 일상에서 벗어나 잠시 휴식을 취한 축제가 끝나고 현실로 되돌아갈 때를 알리는 신호다. 젊은이들이 다시 각자의 일상생활로 돌아간 뒤, 홀로 남은 바이올리니스트가 버려진 꽃다발을 바이올린 활로 찌르는 마지막 장면은 단색으로 처리되어 어딘가 구슬프고 애틋한 여운을 남긴다. 무엇보다 이 민요에서 가장 중요한, 춤추는 장면은 잘 차려입은 젊은이들이 금방이라도 책에서 뛰쳐나올 듯이 생생하고 생동감이 넘친다.

　이 이야기에 등장하는「패킹턴스 파운드Packington's Pound」는 독일의 작곡가 미하엘 프레토리우스Michael Praetorius가 작곡했으며, 18세기 이전에 가장 인기 있었던 민요 가운데 하나다. 패킹턴은 엘리자베스 여왕이 총애한 존 패킹턴 경Sir John Packington으로 알려져 있으며,「패킹턴스 파운드」라는 제목은 그가 만든 연못이 도로를 침범하고 있으므로 없애라는 명령을 받은 사건에서 유래했다는 설이 있다. 이 노래는 1728년 런던에서 초연한 존 게이John Gay의 유명한 발라드 오페라「거지 오페라The Beggar's Opera」에도 등장한다.

　한편「셀렌저스 라운드Sellenger's Round」는 남녀가 마주 보며 추는 영국의 컨트리 댄스 춤곡 가운데 가장 오래된 작품이다. 16세기와 17세기에 가장 인기를 누린 춤곡으로, 엘리자베스 여왕에게 음악을 가르쳤던 윌리엄 버드William Byrd가 여왕을 위해 편곡한 것으로 알려져 있다.

처녀 총각 들이여, 오라

처녀 총각 들이여, 오라. 아버지에게 인사 드리고,

오월제 기둥 앞으로 가라.

모든 남자에게는
사랑하는 여인이 있고,
그들 곁에는 음유 시인이 있지.

윌리는 질을 택하고,
조니는 조안을 택했네.
춤, 춤, 춤, 춤추기 위해,
위아래로 흔들기 위해.

"연주를 시작하세요." 와트가 말하네. "그래요." 케이트도 말하지.

"좋지요. 바이올리니스트, 연주해주세요."

호지가 말하자, 매지가 맞장구치네.

오늘은 축제니까!

그러자 모든 남자가 여자를 향해 모자를 벗고,

모든 여자는 잔디 위에서 사뿐, 사뿐, 사뿐 인사하네.

"시작합니다." 홀이 말하네. "네, 그래요." 몰이 말하네.

"「패킹턴스 파운드」로 시작하지요."

"아니, 아니에요." 놀이 말하자, 돌이 맞장구치네.

"「셀렌저스 라운드」를 먼저 할 거예요."

그러자 모든 남자가
스텝을 밟기 시작하고,
여자들도 모두 날쌔게 움직였네.
부지런히 들락날락 춤추었네.

"당신이 실수했어요." 딕이 말하네. "아뇨, 내가 아니에요." 닉이 말하네.
"맞아요. 바이올리니스트가 잘못 연주했어요."
휴가 말하자, 수가 맞장구치네.
영리한 앨리스도 맞장구치네.

그러자 바이올리니스트는 연주를 다시 시작하고,
모든 여자들이 춤을 추기 시작했네.
남자들 앞으로 가서 경쾌하게 추었네.

*메리언 아가씨!

한 시간 뒤, 그들은 나무 그늘 아래로 가서
맥주를 마시고 케이크를 먹었네.
그리고 키스를 했네, 오래도록.
여자들은 계속 그 자리에 앉아 있었네.

얼마 뒤, 여자들은 남자들과 말다툼하기 시작했네.

남자들에게 키스를 돌려달라고 말했지.

자기들이 다시 키스를 해주겠다고 했네.

남자들에게 키스를 돌려달라고 말했지.

자기들이 다시 키스를 해주겠다고 했네.

그들은 하루 종일 그곳에 머물렀고,
바이올리니스트는 아침부터 밤까지
돈 한 푼 받지 못한 채
노래하고 연주하느라 매우 지쳤네.

그제야 그들은 바이올리니스트에게
연주료를 주겠다고 말했지.

저마다 2펜스, 2펜스, 2펜스
주고 가버렸네.

"안녕히 계세요." 해리가 말하네. "안녕히 주무세요." 메리가 말하네.

"안녕." 돌리가 존에게 말하네.

"안녕." 수가 사랑하는 휴에게 말하네.

"안녕." 모두가 말하네.

몇 사람은 걸어가고, 몇 사람은 달려가고, 몇 사람은 빈둥거렸네.

그리고 열두 번의 키스로, 다음 축제에 만나기로 맹세했네.

그리고 열두 번의 키스로, 다음 축제에 만나기로 맹세했네.

14

흔들 목마를 타고 밴버리 크로스로 가자
농부가 잿빛 암말을 타고 가네

글 미상 | 랜돌프 칼데콧 그림

작품에 대하여

칼데콧이 1884년에 펴낸 이 그림책에는 전래 동요 두 편이 함께 실려 있다. 「흔들 목마를 타고 밴버리 크로스로 가자Ride a Cock-horse to Banbury Cross」에 나오는 밴버리 는 영국 옥스퍼드셔 주에 있는 도시로, 상업과 공업이 활발했던 지역이다. 밴버리 크 로스는 시장 근처의 네거리로, 1602년 가톨릭에 반대하는 청교도들에 의해 파괴되었 다가 1858년에 원래의 모습대로 복원되었다. 밴버리 크로스가 이 노래에 등장한 것은 당시의 유명한 어린이책 출판업자 J. G. 러셔J. G. Rusher가 활동한 곳이었기 때문이다. 곡조가 재미있어서 외기 쉬운 이 노래는 많은 사람에게 밴버리를 유명한 곳으로 만들 어주었다.

영어권의 대표적 전래 동요인 이 노래에 대한 기록은 1784년까지 거슬러 올라간다. 다 른 전래 동요와 마찬가지로 이 노래 역시 원래는 어린이들을 위해 쓰인 곡이 아니었다. 이 전래 동요는 돌로 만든 커다란 십자가를 구경하기 위해 밴버리로 여행한 엘리자베스 1세 여왕과 연관이 있다. '손가락에는 반지를 끼고'라는 구절은 여왕이 착용하던 멋진 보석 세공품을 가리키고, '발가락에는 종을 달고'라는 구절은 발가락 끝에 종을 매달 던 유행과 관련이 있다.

밴버리 크로스는 가파른 언덕 위에 있었기 때문에 여왕은 흰 종마가 끄는 마차를 탔으 나, 마차 바퀴가 부서지는 바람에 말을 직접 타고 가야 했다. 마을 사람들이 리본과 종으 로 여왕의 말을 장식하고 악사들도 따라가게 했기 때문에 어디를 가든 종소리를 들을 수 있었다.

노래 속의 '백마를 탄 멋진 여인'이 11세기에 막강한 권력을 지녔던 코번트리의 영주 레오프릭 백작의 부인인 레이디 고다이바Lady Godiva라는 설도 있다. 또한 부유한 파인즈 가문에서 태어나 옥스퍼드셔의 세예 가문으로 시집간 셀리아 파인즈Celia Fiennes라는 설 도 전해지는데, 그녀는 영국의 곳곳을 돌아다니며 말을 타고 곡예를 보여주었다고 한다.

　칼데콧은 이 책에서 독자의 시선을 끌기 위해 대단한 정성을 기울인 듯하다. 표지의 젊은 귀부인이 초록색 드레스를 입고 흰말을 타고 가는 모습은 정교할 뿐더러 눈부시게 아름답다. 똑같은 모습으로 말을 타고 있는 본문의 장면은 더욱 아름답고 화려하며, 색채의 조화에 강렬한 인상을 받게 된다. 말의 갈기나 공들여 만든 모자가 무척 실감 나 말발굽이 일으키는 먼지 냄새를 맡는 듯한 착각에 빠질 정도다.

　칼데콧은 사소한 배경들도 저마다 의미를 지니도록 세심한 주의를 기울였는데, 흰말을 타기 위해 계단을 내려오는 장면이 대표적이다. 다른 하인들이 모두 공손하게 귀부인을 모시고 있는 반면 맨 위 계단의 뚱뚱한 하인은 귀부인의 엉덩이를 은근히 훔쳐보고 있는 장면 또한 그렇다. 아이들이 목마를 타는 장면에서도 독자들은 짜릿하고 흥겨운 재미를 느낄 수 있다.

　「농부가 잿빛 암말을 타고 가네A Farmer Went Trotting upon His Grey Mare」에서도 칼데콧은 등장인물들을 우스꽝스러운 상황에 빠뜨린다. 뚱뚱한 농부는 예쁜 딸을 보란 듯이 말에 태우고 울퉁불퉁하고 지저분한 길을 간다. 그러다 짓궂은 갈까마귀가 갑자기 '깍깍' 우는 바람에 놀라 넘어지는 모습이 익살스럽게 묘사되어 있다. 아버지가 심하게 다치지 않았는데도 붕대를 큼지막하게 감아주는 딸의 행동 또한 웃음을 자아낸다.

　오랜 옛날부터 수많은 신화나 전설에서 갈까마귀는 불길한 징조를 뜻하며, 흔히 갈까마귀가 '깍깍' 하는 울음소리는 죽은 사람의 목소리를 나타내는 것으로 받아들여진다. 이 동요에서 농부가 갑자기 들려온 갈까마귀의 울음소리에 깜짝 놀라 말에서 굴러떨어지는 것도 그 때문이다.

흔들 목마를 타고 밴버리 크로스로 가자

흰말을 탄

멋진 귀부인을 구경하러

흔들 목마를 타고
밴버리 크로스로 가자.

손가락에는 반지를 끼고

발가락엔 종을 매달았으니,

그녀는 어디를 가든 음악을 듣겠지.

농부가 잿빛 암말을 타고 가네

농부가 잿빛 암말을 타고 가네.

성큼, 성큼, 성큼!

뽀얗고 발그레한 예쁜 딸을 뒤에 태웠네.

흔들, 흔들, 흔들!

갈까마귀가 '깍깍' 울자, 그들은 모두 굴러떨어졌네.

쿵쾅, 쿵쾅, 쿵!

암말은 무릎이 깨졌고, 농부는 머리를 다쳤네.

콰당, 콰당, 쾅!

장난꾸러기 갈까마귀는 웃으며 날아갔네.

흔들, 흔들, 흔들!

다음 날에도 똑같은 방법으로 혼내주겠다고 맹세했네.

건들, 건들, 건들!

15

메리 블레이즈 부인에게 바치는 엘레지

올리버 골드스미스 글 | 랜돌프 칼데콧 그림

작품에 대하여

「메리 블레이즈 부인에게 바치는 엘레지An Elegy on the Glory of Her Sex, Mrs. Mary Blaize」는 아일랜드의 시인, 소설가, 극작가인 올리버 골드스미스가 어린이들을 위해 쓴 동시다. 그는 이 애가를 자신이 편집한 주간지 「꿀벌Bee」1759년 10월호에 발표했다. 이 짧은 시에서 전당포 여주인 메리 블레이즈의 멋진 삶이 런던의 거리에 사는 사람들의 모습과 함께 풍자적으로 묘사되는데, 색다르고 익살스러운 표현으로 재미와 관심을 돋운다.

메리 블레이즈 부인은 40대 중년 여성으로, 슬픔에 익숙하고 역경을 이겨낸 과부다. 중산층인 블레이즈 부인은 교회에 갈 때에는 비단과 공단으로 만든 새 옷을 입고, 별나게 생긴 모자를 쓰는 등 다소 과하게 치장을 하며 나름대로 즐거움을 추구하지만, 착하고 어진 품성으로 찬양을 받는다. 그녀는 돈이 절실한 가난한 사람들을 상대하며 살아왔으나 이웃들을 기쁘게 해주고 결코 나쁜 길을 가지 않은 선량한 부인이었으므로, 저자는 그녀가 죽었을 때 '우리 모두 진심으로, 그녀의 죽음을 애도하세'라고 말한다. 블레이즈 부인은 터무니없이 비싼 이자를 챙기는, 돈놀이나 다름없는 전당포를 운영하면서도 급하게 돈이 필요한 사람들에게 '아낌없이 넉넉히' 주는 선행을 베풀었고, 이웃 사람들을 기쁘게 했으며, 죄를 짓지도 않았다. 그래서 저자는 그녀의 생활 무대인 켄트 스트리트에 살던 사람들마저 '그녀는 아직 죽지 않았다'고 말할 것이라 미루어 헤아린다. 켄트 스트리트는 당시에 창녀나 소매치기 들이 살던 런던 빈민가로, 이러한 배경은 이 작품을 이해하는 데 도움이 된다.

이 시는 모두 7연으로 이루어져 있으며, 첫째 연은 메리 블레이즈 부인의 겸손함, 둘째 연은 자비심, 셋째 연은 상냥함과 온화함을 강조한다. 그러나 하늘 아래 완벽한 사람은 없다는 말처럼 그녀 역시 가끔 잘못을 저지르는 인간이었음을 넌지시 덧붙인다.

그리고 넷째 연은 블레이즈 부인의 경건함, 다섯째 연은 그녀의 아름다움을 드러내 보인다. 여섯째 연에서는 그녀를 치명적인 병에서 구할 수 없었던 안타까움을, 마지막 연에서는 진심으로 그녀의 죽음을 애도할 것을 호소한다.

칼데콧의 그림책이 원작자 골드스미스가 의도했던 것보다 훨씬 더 관대하게 블레이즈 부인을 묘사했다는 지적도 있다. 하지만 1885년에 펴낸 이 그림책은 대담한 색채 사용과 사실적인 구성으로 '그림책의 황금시대'를 여는 데 기여했다는 평가를 받는다. 단순하고 소박한 이 책에는 다른 그림책에서 보이는 익살, 아기자기함, 재미가 없다. 칼데콧의 친구이자 화가인 토머스 암스트롱은 칼데콧의 예술적 특징은 격식을 차리지 않고 이야기를 펼쳐나가는 태도이고, "선을 더 적게 사용함으로써 실수가 적어졌다"며 그것을 '일종의 과학'이라고까지 평가한다. 이 책에서 특히 그러한 특징이 잘 드러나 칼데콧의 선은 격식을 차리고 있는 듯하면서 매우 절제되어 있다.

칼데콧은 이야기와 관련된 자신의 생각을 전광석화 같은, 그러나 매우 자연스러운 스케치로 표현했다. 그는 글의 내용을 자기만의 그림으로 해석함으로써 이야기를 더 넓혀갔다. 글이 없는 곳을 모자람이 없이 채우는 그림과 그림이 없는 곳을 아쉬움 없이 채우는 글, 이 둘은 밀접하게 조화를 이루어 서로를 더욱 돋보이게 한다.

착한 사람들은 모두
한목소리로,
블레이즈 부인의 죽음을
슬퍼하지.
그러나 블레이즈 부인은 결코
호의적인 말 듣기를 바라지 않네.

자신을 칭찬하는

*블레이즈 전당포

사람들의 말 말이야.

그녀는 항상 사람들에게 친절해,

가난한 이들이 그녀의 집 앞을 빈손으로 지나간 적이 없다네.

불쌍한 사람들에게 아낌없이 넉넉히 내주었지.

담보를 잡히는

모든 사람에게 말이야.

그녀는 놀랄 만큼 매력적인 태도로
이웃 사람들을 환대했으며,

결코 나쁜 길을 가지 않았지.

실수를 저지를 때 말고는 말이야.

그녀는 엄청나게 큰 후프 위에
비단과 공단으로 만든 새 옷을 입고 교회에 갔으며,
자리에서 꾸벅꾸벅 존 적도 없지.

눈 감을 때 말고는 말이야.

스무 명도 넘는 신사들이
그녀의 사랑을 얻으려 했지.
왕조차 몸소 그녀의 뒤를 따랐네.

그녀가 앞서 걸어갈 때 말이야.

그러나 이제 그녀의 재산과 화려한 옷은 없어졌고,

따르던 사람들도 순식간에 사라졌지.

그녀가 죽었을 때, 의사들은 알았네.

그녀가 마지막에 걸린 병이 치명적이었다는 것을 말이야.

우리 모두 진심으로, 그녀의 죽음을 애도하세.

켄트 스트리트에 살던 사람들은 이렇게 말하겠지,

그녀가 일 년만 더 살았더라면—

그녀는 아직 죽지 않았다고 말이야.

16

위대한 어르신

새뮤얼 푸트 글 | 랜돌프 칼데콧 그림

작품에 대하여

「위대한 어르신The Great Panjandrum Himself」은 영국의 극작가이자 연극배우인 새뮤얼 푸트Samuel Foote가 어떤 문장이든 한 번 읽거나 들으면 그대로 외울 수 있다고 주장하던 연극배우 찰스 매클린Charles Macklin의 기억력을 시험하기 위해 1755년에 쓴 작품이다. 재주가 많았지만 심보가 고약했던 새뮤얼 푸트는 찰스 매클린을 골탕 먹이기 위해 이 시를 즉석에서 지어냈다고 한다.

이 작품은 이른바 '무의미한 이야기'이기 때문에 행과 행 사이에는 아무런 연관성도 없다. 게다가 아무 뜻이 없는 단어들도 불쑥불쑥 튀어나온다. 예를 들어, '꼬마들 Picninnies', '시골 유지들Joblillies', '수다쟁이들Garyulies'과 같은 단어들은 외우기 어렵도록 새무얼 푸트가 멋대로 만들어낸 엉터리 단어들이다. 이에 화가 난 찰스 매클린은 이 작품을 외우지 않겠다고 우겼다고 한다. 하지만 이후 영국에서는 이 시를 외우게 해 아이들의 기억력을 시험하는 것을 가문의 전통으로 삼고 있는 집안이 적지 않다.

칼데콧은 기존의 그림책 작가들에게서는 찾아볼 수 없는 독특한 유머 감각으로 이야기를 풀어가곤 했다. 1885년 내용을 헤아리기 어려운 이 이야기에도 나름대로 의미를 부여해 익살스러운 그림으로 표현해냈다. 제목에 등장하는 '위대한 어르신'은 어려운 라틴어 문법책을 왼손에 들고 으스대는, 점잖고 엄숙한 교장 선생님이다. 그를 둘러싸고 엉뚱하고 재미있는 일들이 벌어지는데, 칼데콧은 작품에 독자적인 해석을 덧붙이기 위해 원작에 없는 이 인물을 등장시켰다. 이 작품의 제목은 교장 선생님, 즉 젠체하고 허풍 떨고 거드름 피우는 인물을 비웃는 것이며, 칼데콧은 그 효과를 높이기 위해 주인공의 생김새를 우스꽝스럽고 독특하게 그렸다. 학사모를 쓰고 꽉 끼는 조끼 차림에 불룩 튀어나온 배, 그와는 대조적으로 젓가락처럼 가느다란 다리는 무척이나 우스꽝스럽다. 근엄한 표정으로 들어서는 어르신의 태도와 대비되어 절로 웃음을 자

아낸다.

    그리고 이 책 곳곳에는 칼데콧이 그림에 전념하기로 결심하기 전 은행원으로 일했던 휘트처치의 풍경이 펼쳐져 있다. '길거리로 내려온 커다란 암곰 한 마리가' 머리를 들이미는 그림 속의 가게는 지금까지도 휘트처치의 하이 스트리트에 남아 있는데, 현재 이 건물에는 제과점과 식당이 운영되고 있다. 또한 휘트처치에 있는 헤리티지 센터 Heritage Centre에는 칼데콧의 작품 일부가 전시되어 있다. 참고로 맨체스터에 위치한 휘트워스 미술관Whitworth Art Gallery에는 칼데콧의 유화 작품 「말을 타고 달리는 존 길핀John Gilpin's Ride」을 비롯해 다수의 작품이 소장되어 있다.

그래서 그녀는 양배추 잎을 따러
채소밭으로 갔다네.

애플파이를

만들기 위해.

그리고 그때 커다란 암곰 한 마리가
길거리로 내려와 가게 안으로
머리를 들이밀었네.

*비누

"뭐라고! 비누가 다 팔렸다고?"

그래서 그는 죽었고,

그 여자는 매우 경솔하게
이발사와 결혼했지.

그곳에는

꼬마들,
시골 유지들,

수다쟁이들이 찾아왔다네.

그리고 위대한 어르신도
작고 둥근 단추를 단 윗도리를 입고 나타났지.

*라틴어 문법

그리고 그들은 모두 어울려
술래잡기를 했다네.

구두 뒤축에서
화약이 모두 떨어질 때까지.